삶의 지혜와 진리가 담긴

# 인연 산책

# 인연 산책

초판 인쇄 ┃ 2006년 7월 15일
초판 발행 ┃ 2006년 7월 20일

엮은이 ┃ 서문 성
펴낸이 ┃ 임종관
펴낸곳 ┃ 미래북
표지 및 본문 디자인 ┃ 김왕기
교정 교열 ┃ 조동림

주소 ┃ 서울특별시 용산구 효창동 5번지 421호
전화 ┃ (02) 738-1227
팩스 ┃ (02) 738-1228
이메일 ┃ miraebook@hotmail.com
신고번호 ┃ 제302-2003-00026호.

ISBN 89-92289-00-6  03810

삶의 지혜와 진리가 담긴

# 인연 산책

서문 성 엮음

미래북

# 지금 나의 모습은 전생에 지은 업의 소산

인간은 종교를 믿는 사람이든 믿지 않는 사람이든, 인과因果라 부르든 부르지 않든 간에 지으면 받게 되는 인생의 수레바퀴 속에서 살아간다.

사람이 죽으면 어떻게 될까? 죽음이 끝인가 아니면 말 그대로 다시 태어나는 길이 있는가, 자기가 지은 업業에 따라 태어나는 길이 사람만이 아닌 개나 소 등 축생으로도 환생還生하는가?

그리고 미리 정해진 업은 면할 수 없다면 어찌해야 되는가. 그대로 앉아서 받기만을 기다려야 하는가, 혹 다른 방법은 없는가, 하는 의문에 대한 인과이야기들이다.

보통 '인연·인과·인연과' 라고 말하는 것은 '종자因가 연緣을 만나 결실果을 맺는다'는 뜻으로 모두가 하나의 연속성상에 놓여 있다.

지금 나의 마음가짐, 말, 행동 하나하나가 모두 인因이 되어 어떤 연緣을 만나게 되면 상응하는 결과果가 나타나게 된다. 우리가 보통 쓰는 말 중에 마음씨, 말씨, 솜씨 등 '씨'자를 붙여 모든 것이 하나의 종자가 됨을 가리킨다.

인因이란 지금은 작은 종자이지만, 점점 자라나는 성질을 내포하고 있다. 연緣은 인이란 종자를 보존 성장시켜 선악고락의 결과를 맺게 해준다. 과果란 결실을 의미한다. 과는 인에 따라 맺어지는 결과를 말하지만, 결과인 동시에 새로운 변화를 이루려는 과인果因이 함장含藏되어 있다.

인이 연을 만나므로 과를 맺고 인에 의한 과는 연이 있었기에 과가 나올 수 있는 것이다. 지금 우리가 만나고 있는 모든 인연도 어찌 우연이겠는가? 모든 것이 인연과因緣果의 진리에 의한 것이다.

《불설삼세인과경》에

'만일 전생 일을 묻는다면 금생에 받고 있는 것이 바로 그것이요, 만약 후세의 일을 묻는다면 금생에 짓고 있는 것이 바로 그것이니라.'

라고 하였다.

오늘날 나는 전생에 지은 업業의 소산이요, 오늘 짓고 있는 업業으로 다음 생이 결정된다는 것이다.

인과 관계는 4가지로 상생相生의 인과, 상극相剋의 인과, 순수順受의 인과, 반수反受의 인과로 대별할 수 있다.

상생의 인과는 '선인선과'로 서로 돕고 의지하여 모든 일을 원만히 성취하게 하는 좋은 인과이다. 상극의 인과는 악인악과로 인연이 서로 대립되어 여러 모로 미워하고 방해하는 좋지 못한 인과이다. 순수의 인과는 자신의 좋은 발심, 희망, 서원 등을 세우고 정진하여 좋은 뜻 그대로 소원을 성취하는 등 순順하게 받는 인과이다. 반수의 인과는 마음에 교만심이 많아서 남을 무시하고 학대함으로서 도리어 자기가 무시당하고 학대당하는 과보를 받는 등 마음과는 반대로 받는 인과이다.

나는 어떤 인과를 받고 있으며 어떤 인과를 짓고 있는지 돌아보면 나의 갈 길이 보일 것이다.


엮은이는 지금까지 인연과에 대한 공부를 하느라 각종 경전에서부터 관련 서적을 많이 섭렵하였다. 이 책에서 소개하는 인과 예화

들은 10년이 넘는 기간 동안 대중에게 인과와 관련된 설교를 하면서 인용했던 예화 중 몇 편을 묶은 것이다.

설교에서 인용했던 예화들을 어떤 책에서 인용했는지 많은 시간이 흘러 잘 기억하지 못한다. 돌이켜 보면 불교와 원불교의 각종 경전과 예화와 관련된 많은 책을 비롯해서《불교 사전》《국사 대사전》《도교 대사전》《한국 종교 문화 사전》《유교 대사전》《한국 문화 상징 사전》《한국 민족문화 대백과사전》등 사전류와《신앙 선행 영험실화 전설집》《이판사판 야단법석》《고사성어집》 등 수많은 종류의 책들을 참조하였다. 엮은이는 글머리를 쓰면서 선행 연구자들에게 다시금 감사한 마음을 느낀다.

'남이 지은 죄와 복을 내가 대신 받을 수 없고 내가 지은 죄와 복을 남이 대신 받아갈 수도 없는 것이 인과의 이치이다.'

라는 말을 끝으로 글머리를 맺는다

샘골에서—서문 성

# 차례

# 제2장 식은 밥 한 덩어리에 맺힌 원한

## 제3장 개구리와 뱀이 유혹하다

# 제4장 죽고 사는 것은 인연 따라 오는 일

제1장

# 소에게 법문을 하다

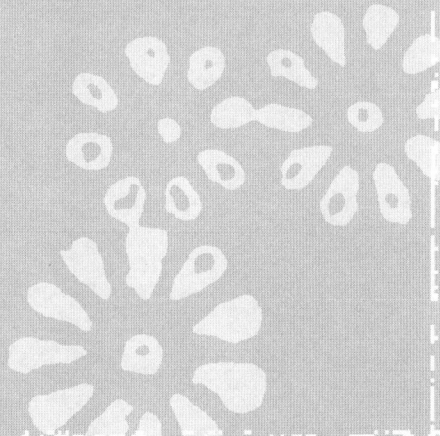

# 세 사람의 천사

생전에 나쁜 일을 많이 하다가, 죽어서 지옥에 떨어진 죄인에게 염라대왕*이 물었다.

"너는 어찌 그리 탐욕스럽고 이기적인 인생을 살아왔느냐! 네가 인간 세상에 있을 때 세 사람의 천사를 만나지 못하였더냐?"

"대왕님, 제가 그런 훌륭한 분들을 만났다면 왜 생전에 뉘우치고 회개하지 못하였겠나이까?"

"그렇다면 주름이 많고 허리가 구부러지고 기운이 없어 걸음과 말씨도 느린 사람을 못 보았느냐?"

"그런 노인이라면 얼마든지 보았습지요."

"너는 그 천사를 만나고서도 '나도 언젠가는 저렇게 늙어갈 테니 서둘러 선행을 쌓아야되겠구나' 하는 생각을 하지 않아 오늘의 이 업業을 받게 된 것이다."

염라대왕은 이어서 물었다.

❀ 염라대왕(閻羅大王)

지옥을 관장하는 신이다. 인도 신화의 야마(yama)에서 온 말로 인류 최초로 죽은 자가 되어 남쪽 지하에 살면서 죽은 자의 생전 행위에 따라 죽은 자의 조령(祖靈:선조의 신령)의 세계, 지상으로의 재생, 또는 지옥 등 어느 한쪽으로 보내는 죽음의 신이다. 불교에서는 외호신 (外護神)으로 받아들여 야마천 천계의 왕으로 온전히 묘사된다. 또 는 사자를 심판하는 명부(冥府)의 왕이 되기도 한다. 도가(道家)에서 는 음부 십전 명왕(冥王)의 제5전(殿)을 염라왕이라 하였다.

"너는 또한 혼자서 일어서지도 걷지도 못한 채 누워서 앓고 있는 측은한 이를 보지 못하였더냐?"

"그런 병자라면 수도 없이 보았습니다."

"너는 그 천사를 만나고서도 언젠가는 너 자신도 병들게 된다는 것을 생각하지 못한 채 눈앞의 탐욕에만 집착한 어리석음으로 지옥 에 오게 된 것이다."

염라대왕은 세 번째 천사에 대하여 물었다.

"마지막으로 너는 주위에서 호흡이 끊어진 채 무덤 속으로 들어가는 사람들을 보지 못 하였더냐?"

"죽은 사람이라면 무수히 보았습니다."

"너는 죽음을 경고하는 천사를 만났으면서도 스스로 돌아보고 반성하는 일을 게을리 하였기에 이 업을 받게 된 것이다. 자기가 지은 업의 인과응보를 대신해 주는 이는 없느니라."

사람이 살아가는 가운데 행복도 불행도 죽음도 경고해 주는 무수한 천사들을 만나고 있지만, 자신만은 영원할 것처럼 자신을 깊이 되돌아보고 참회하는 마음 없이 살아가고 있다. 그러나 어느 날, 문득 뒤돌아볼 때 천사들을 저만치 떠나보낸 뒤에 아쉬움을 짓기도 한다.

어떤 젊은 청년이 염라대왕에게 불려갔다.

일생의 업적을 평가받는 자리에서 청년이 억울한 마음이 생겨 염라대왕에게 항의를 하였다.

"이렇게 일찍 데려 오려면 예고장이라도 보내셔야지 갑자기 부르면 어쩌라는 것입니까?"

염라대왕이 청년에게 물었다.

"너희 마을에는 가을도 없더냐? 너희 마을에는 병든 사람, 죽는 사람도 없더냐? 권세를 부리다 잃은 사람, 부자로 살다가 가난해진 사람도 없더냐? 그것이 다 나의 예고장이었다."

나는 예고장을 받아놓고 예고장이 아니라고 부정하지는 않는지 생각해 볼 일이다.

# 벙어리 오 남매의 사연

         일본 북륙선北陸線 대성사정大聖寺町에서 십 리쯤 되는 동곡 오촌자대사東谷奧村字大土라는 농촌에서 있었던 일이다. 1925년다이쇼 14년 국세조사를 할 때에 발각된 사실을 1930년 5월 30일 중외일보에서 발표한 사실담이다.

  증량중인태랑曾良中人太郞이란 사람의 아내가 한 탯줄에 사내아이 둘, 계집아이 셋을 합하여 오 남매를 낳았다.

  그러나 모두 반은 사람의 얼굴이고 반은 원숭이* 얼굴이었다. 그렇다고 내버려둘 수도 없고 해서 크는 대로 키우는데 그나마도 모두 벙어리였다. 그래서 장남과 장녀는 서커스에 팔려가서 구경거리가 되고 남은 아이들은 그대로 집에 있었다.

반인반원半人半猿의 벙어리 오 남매가 왜 태어났을까? 그 원인을 살펴보면 이런 일이 발생한 후 태기가 있어 생겨난 아이들인 것이 분명하다.

중량중인태랑은 총질 잘 하는 사냥꾼 포수인데, 어느 산골에 들어가니 마침 배가 불룩한 원숭이가 눈에 띄었다. 총을 겨누어 쏘려고 한즉, 원숭이는 한 발을 치켜들고 쏘지 말라는 시늉을 했다.

그러나 무도한 포수가 그런 것을 모른 체하고 모처럼 눈에 띈 원숭이라 횡재나 한 것처럼 쏘아서 죽였다. 그리고 가죽을 벗기고 배를 갈라보니 새끼가 다섯 마리 들어 있었다.

그 뒤 얼마 안 되어서 그의 아내가 태기가 있었고 10개월 뒤 아이를 낳은 것이 반인반원으로 사람의 말도 못하는 벙어리 오 남매였다.

이것은 분명 그 원숭이의 새끼 혼이 원귀로 와서 태어난 것이 틀림없다.

🌸 원숭이

원숭이의 몸무게는 약 80g의 애기원숭이와 200kg이 넘는 고릴라까지 그 종류가 다양하여 현재 200여종으로 분류가 되고 있다. 동물계에서 가장 우수하고 진화된 종과 동시에 지극히 원시적인 종도 함께 포함하고 있다. 원숭이는 일반적으로 이동생활을 하는데 암수 각 1마리와 새끼들로 구성된 작은 무리에서부터 일본원숭이와 같이 수백 마리의 대집단을 이루어 생활하는 무리도 있다.

얼마나 믿고 싶지 않은 일인가. 그러나 이것은 실화이다. 사람들은 흔히 '원인 없는 결과는 없다'고 말한다. 그러나 인과에 대해서는 자기 편리한 대로 믿으며 보이지 않는 것은 좀처럼 믿으려 하지 않는다. 지어서 받은 것이나 우연히 받은 모든 것이 인과의 이치인지를 모르고 있다. 그래서 진리에 눈뜬 성자들은 중생들을 가엽게 여기고 늘 바른 길로 인도하기 위해 하루도 편할 날이 없다고 한다.

소태산 대종사는 '과거에는 인과 관계가 오래 두고 상연相緣되었으나 앞으로는 가장 가까운 사이가 되어서 갚는다. 대략 3년 안에 받거나 30년 내에 모두 받게 된다'고 했다.

성현의 말씀을 보지 않고 믿는 자는 행복하다. 살아있는 목숨을 죽여 그것을 즐겨 먹는다면 어떤 과보를 받을까? 미미한 곤충이라도 죽음을 좋아하는 것은 없다. 내 몸을 위해 산 목숨을 죽인다면 그 죄는 그림자처럼 따라 다닌다.

소태산 대종사는 '붕어를 보고 회 생각하고, 소를 보고 고기 맛을 생각만 해도 마음속으로 살생을 한 것이다'라고 했다. 미물 곤충을 어여삐 여겨 소중하게 생각하는 마음도 자비이다.

풍부한 먹거리로 폭식이 잦은 요즘, 먹는 것에서부터 나는 어떤 업을 짓고 있는지 돌아보기로 하자.

# 돈을 손에 쥐고 입에 물고 죽다

　　　　　　　　　일제시대, 경북 경산에 김○○이라는 만석
꾼이 살고 있었다. 그는 얼마나 노랭이였는지 어쩌다 밥그릇에 보리
보다 쌀이 더 많으면 집안 식구들을 모두 불러놓고 호통을 쳤다.

　"왜 보리밥을 안 해먹는 거야? 쌀밥만 해먹으면 집안 망한다. 집안
망해!"

　식구들은 하는 수 없이 밥을 지을 때, 보리쌀 한 사발을 따로 솥
밑에 앉혀 노인에게는 꽁보리밥만 주고, 그들은 쌀밥만 먹었다. 결
국 그 집안에서 보리밥을 먹고 살았던 사람은 노인뿐이었다.

　그는 돈을 움켜쥐고만 살뿐 쓸 줄을 몰라 부인에게도 절대 돈을

주는 법이 없었다. 아무리 졸라도 돈을 주지 않자, 아내는 정안수를 떠놓고 빌기까지 하였다.

"우리 영감이 제게 돈 좀 주게 해주십시오. 돈 좀 주게 해주십시오."

그렇지만 이러한 기도도 그에게는 통하지 않았다.

그는 늘 무언가를 중얼거리며 다녔는데, 그 말은 자세히 들어보면 모두가 재물에 관한 것뿐이었다.

"저 건너 대추나뭇골 김생원에게 쌀 한 가마니를 빌려주었으니, 추수가 끝나면 한 가마니 반을 받아야 한다. 샘골 박 노인에게는 소작료로 나락 열 섬을 받아야 한다……."

매일 매시간 재물의 노예가 되어 살아온 그에게도 피해갈 수 없는 것은 죽음이었다. 자신이 며칠을 넘기지 못할 것을 알게 된 그는 저승에서도 돈이 있어야 큰소리치고 살 수 있다고 생각하여 평생 모은 돈을 가지고 가기로 결심하였다.

죽는 순간 그는 식구들을 모두 물리친 채 문갑 속에서 100원짜리 지폐 300장을 꺼내어 두 뭉치는 양손에 쥐고 한 뭉치는 입에 꽉 문 채 세상을 떠났다.

당시에 100원이면 매우 큰 돈이어서 보통 사람은 평생 100원짜리 한 번 만져보지 못한 채 죽는 경우가 대부분이었는데, 그는 3만원이라는 거금을 저승길로 가져가고자 했던 것이다. 자식들은 아버지의 돈을 빼내려 했지만 워낙 세게 쥐고, 물고 있어서 뺄 수가 없자 시신을 향해 사정을 했다.

"아버님 돈 주십시오. 돈을 주셔야 장사를 치르지요. 이제 그만 돈을 놓으세요."

그러나 죽은 노인은 쥔 돈을 놓을 줄 몰랐다. 그럭저럭 7일장을 마치고 장지로 가야 할 시간이 되자 식구들은 결론을 내렸다.

"억지라도 돈을 뺏어야지, 돈까지 묻을 수는 없다."

하지만 완전히 굳어진 손과 입은 꼼짝을 하지 않았다. 아무리 손을 펴고 입을 벌리려 해도 소용이 없었다. 할 수 없이 망치로 손가락 하나하나를 부러트리고 이빨을 모두 뽑은 다음에서야 돈을 빼낼 수 있었다.


믿어야 할지, 그저 웃어 넘겨야 할지, 끔찍한 이야기이다. 그러나 실화이다. 욕심이 지나쳐 집착이 되어 버린 것이다. 우리는 모두 빈 몸으로 왔기에 빈 몸으로 갈 수밖에 없다. 무엇을 가져갈 것인가. 명예도 권력도 사랑하는 사람도 돈도 모두가 참으로 내 것이 아니고 참으로 내 것이 아니기에 가져갈 수 있는 것이 아니지 않는가?

옛날에 어떤 부자가 죽으면서 자식들에게 유언을 했다.

"내가 죽어 시신을 장지로 옮길 때 반드시 두 손을 상여 밖으로 나오게 하라."

부자의 유언에는 무엇이 담겨 있을까?

'자 보아라. 나는 돈도 많고 집도 크고 권속들도 많았지만, 오늘 나는 홀로 간다. 부디 허망하고 물거품 같은 물질에 현혹되지 말라. 인생을 참되고 값어치 있게 살라.'

는 뜻이 아니었을까?

# 왕양명과 금산대사

중국 명나라 때의 석학 왕양명王陽明*은 절강성에서 태어났다. 그는 일찍이 지행합일설知行合一說을 창도한 달인이었다.

왕양명은 유교뿐만 아니라 불교에도 조예가 깊었으니, 그는 달마선사의 돈오선풍頓悟禪風이 이미 전세부터 그의 마음을 밝혔던 선승禪僧이었다고 말하고 있다.

일찍이 절강성 금산사에 금산대사라고 하는 한 스님이 계셨는데, 그는 한 마음으로 선정禪定 공부를 하더니 생사와 해탈을 자유자재로 할 수 있는 도력을 갖추게 되었다.

그가 어느 날 점심 공양을 마치고 목욕갱의沐浴更衣한 뒤에 가사장삼을 단정히 입고 어떤 조용한 법당으로 들어가면서 안으로 문을 꼭 잠그고 제자들에게 일렀다.

"이 법당 문을 절대로 열지 말라."

그리고 들어가서는 다시 나오지 아니하였다. 그 뒤에 스님들이 궁금증이 나서 법당 문을 박차고 들어가 보고 싶었으나 그가 부탁한 바가 있어 감히 열어볼 생각을 내지 못하고 말았다.

❀ 왕양명(1472~1528)

중국 명나라 사상가, 정치가, 군인이다. 양명은 호이고 이름은 수인이다. 왕양명은 태어나면서부터 건강이 좋지 않아 청년기에는 폐병으로 피를 토할 정도로 건강이 악화되었다. 또한 주자학에서 설명하는 격물치지설(格物致知說)이 아무리 노력해도 이해가 되지 않아 왕양명은 혼미와 번민에 빠졌다. 주자의 이(理)는 사사물물(事事物物)에 즉하여 궁구해야 될 것이라고 되어 있기 때문에 어느 때는 뜰의 대나무를 잘라 대나무의 이치를 파악하려고 한 나머지 병이 나기도 하였고 또 어느 때는 주자의 독서법을 읽음으로써 그대로 성현의 유교를 읽었으나 도리를 얻지 못하여 신경쇠약에 빠져 자신은 도저히 성인(聖人)이 될 만한 그릇이 못 된다는 체념에 빠지게 되었다. 35세 때 중앙 정부의 비판적인 정치 논문을 상주하여 귀주(貴州)에 귀양을 가 고독한 생활을 보내다 깨달음을 얻었다. "성인의 도는 나의 성(性)에 구비되어 있다. 지난번에 이(理)를 사물에 구한 것은 오류였다."고 했다. 그리하여 '심즉리(心卽理)'의 설이 확립되어 양명사상의 근간이 되었다.

　그리하여 그 법당 문을 열지 못한 지 50년이 지났는데 하루는 왕양명이 제자 백여 명을 거느리고 금산사로 봄놀이 소풍을 왔다가 절 도량을 둘러보니 모든 것이 어딘지 모르게 낯익게 보여 전에 살던 집처럼 느껴졌다. 그런데 여러 법당의 참배를 마치고 한 법당에 이르니 문이 잠겨 있었다. 그 절 스님에게 문을 열어 달라고 하였더니 그 문은 절대로 열지 못한다고 하였다.

　"왜 열 수가 없습니까?"

　"옛날 도승이 들어가시면서 '이 문을 절대로 열지 말라'는 분부가 계셔서 그렇습니다."

　왕양명은 이 말을 듣고 호기심이 생겨 밖에 달린 문고리를 잡고 힘차게 당기었더니 이상하게도 금방 문이 열렸다. 들어가서 본즉 한 스님이 가사와 장삼을 입은 채로 가만히 입정入定하고 앉아 계신데, 시체가 썩지 않고 '미라'가 되어 굳어 있었다.

　그런데 왕양명은 벽 위에 써 붙인 글을 보고 깜짝 놀라지 않을 수 없었다.

　그 벽상에는 다음과 같은 글귀가 씌여 있었다.


오십년전왕수인　五十年前王守仁

개문입시폐문인　開門入是閉門人


26

정령박락환귀부 精靈剝落還歸復
여신선문불괴신 如信禪門不壞身

오십 년 전의 왕수인왕양명의 이름이여!
문을 여는 사람이 문을 닫은 사람일세.
정령이 바뀌어 다시 들어오니
비로소 선문에 무너지지 않는 불괴신이 있음을 알겠네.


이 법당 문이 열렸다는 말을 듣고 대중스님들은 대종을 치고서 몰려들어 돌아가신 선사 육신에게 예배를 하였다. 그리고 왕양명의 제자들도 모여 들어와 절을 하였다.

대중스님들이 물었다.

"선생님께서는 무슨 뜻으로 이 법당의 문을 열었습니까?"

"이 벽상에 써 붙인 글을 보시오. 내가 잠근 문이니 내가 열 수 밖에 도리가 없지 않겠소."

그래서 대중은 그가 과거 금산대사의 후신임을 알고 다시금 예배하고 그제야 알고 보니 유가에서 유명한 왕양명 선생임을 알게 되었다.


소태산 대종사께서 제자들에게 깊이 연구하여 보라 하시던 옛 공안이 있다.

"위산선사가 제자에게 말씀하시길 '내가 죽은 뒤에 이 아래 동구

뉘 집에 가서 소가 되어 그 오른쪽 뿔에 '위산모僞山某'라 각하였을 터
이니, 그때에 너희가 그 소를 보고 '위산'이라고 하여야 옳은가?' 하
였으니 어찌 하여야 옳을는지 연구할사事"

나는 누구인가.
전생의 나는 누구였을까? 무엇을 보고 참 나라하는가?
왕양명守仁과 금산대사의 일화를 통하여 자신을 깊이 돌아볼 수
있는 시간을 가져 보자.

# 지정선사의 상좌

중국에 지정선사*라는 분은 직속 제자가
십여 인이요, 청법하러 내왕하는 신도가 기백 명에 달하였다. 신도
들은 각자의 정성대로 쌀이며 돈, 의복과 기타 모든 물품들을 가져
오므로 그의 생활은 궁색할 것이 하나도 없었다. 자기와 다른 상좌
들은 각처에서 보시布施 받은 것으로 먹고 입고 살았지만, 과수나무
몇 주를 따로 심어놓고 매일 아침이면 두어 시간씩 손수 가꿔 그 수
입으로 막내 상좌를 먹여 살렸다. 제자들이 이상하여
"어째서 모某는 특별히 스님께서 벌어 먹이십니까?"
라고 그 내역을 물어보았다.

🌸 지정선사(智正禪師:559~639년)

중국 수·당나라의 승려, 화북성 정주 출신으로 11세에 출가하여
승광사에서 머물다가 종남산 지상사에서 28년 동안 머물면서 수많
은 제자들에게 화엄학과 유식학을 강의하였다.
《화엄경》을 근본 경전으로 하는 「화엄종」은 두순(杜順557~640)을 초
조로 하고 지엄(智儼602~668)을 제2조로 하나 지엄이 《화엄경》을 배운
스승이 지정(智正)이므로 초조를 지정 혹은 지엄이라는 설도있다.

"허허, 너희들은 그런 내역도 모르고 사니 오죽이나 답답하겠느냐.
내 가르쳐 주리라. 그로 말하면 과거에도 복을 지은 바가 없고 금생
에도 남에게 유익을 줄만한 인물이 못 된다. 그런데 만일 그런 사람
에게 중인衆人이 복을 빌기 위하여 보시한 것을 받아 먹는 것은 크
게 위험한 일이니, 저는 단 한 세상을 얻어먹고 산 것이 그 후 갚을
때에는 천 세상 만 세상에 우마육축牛馬六畜이 되어 천신만고를 겪게
될 것이다. 그 내역을 번연히 알고 있는 나로서 어찌 차마 그것을 먹
일 수가 있느냐. 그러므로 나는 사제의 정의로 중인의 부채를 면케
하기 위하여 내가 여가로 벌어 먹이는 것이다. 우리로 말하면 매일
매일 모든 신도들을 위하여 노력하니까 그분들의 보시를 받아먹는
다 하더라도 크게 빚이나 죄 될 것은 없지마는 만일 그렇지 못한 사
람은 결코 중인의 보시 받은 것은 먹지 않아야 할 것이니라."

한 사람이 정산종사께 물었다.

30

"지정선사는 제자를 위하여 여러 사람이 복을 비는 재물로 먹이지 않고 손수 가꾼 과수의 수입으로 먹이셨다는데 그것 역시 빚이 아닙니까?"

"남이 복을 지으러 가져온 것을 먹는 것과 스승이 정의로 먹이는 것을 비교하면 먹는 것은 같으나 갚는 데는 큰 차이가 있다. 같은 사과 한 바구니를 먹는 것도, 친구와 놀며 얻어먹는 것과 큰일을 잘 보아달라는 조건부로 얻어먹는 것과는 큰 차이가 있는 것과 같다."

# 소에게 법문을 하다

　　　　　　　정확한 연대는 알 수 없으나 당나라 정관
년 간에 살았다고 전해지는 전설적인 인물로서 한산寒山과 습득拾得
이 있다. 이 두 사람은 풍간豊干선사라고 하는 도인과 함께 국청사國
淸寺\*에서 살고 있었는데, 세상에서는 국청사에 숨어 사는 세 사람의
성자라는 뜻으로 이들을 국청삼은國淸三隱이라고 불렀다. 이들 세 분
은 모두 불보살의 화현이니 곧 풍간스님은 아미타불, 한산은 문수
보살, 습득은 보현보살의 화현이라고 한다. 그런데 그 시대에 살던
사람들은 그것을 모른 채 그들의 기이한 언행을 이해하지 못하여 멸
시하고 천대하기가 일쑤였다.

중국 절강성 태주부 천태현 천태산에 있는 절로 경덕(景德)국청사라
고도 한다. 천태종의 개조인 수(隋)나라 천태대사 지의538~597가 죽
은이듬해에 수의 문제(文帝)가 지의를 위하여 창건하였다. 현재도
대웅전·보문전 등과 함께 한산, 습득, 풍간을 모신 삼은당(三隱堂)
이 있다

   한산은 국청사에서 좀 떨어진 곳에 있는 한암寒巖이라는 굴속에
산다 하여 그렇게 불리었다. 그는 항상 다 헤어진 옷에 커다란 나막
신을 신고 다녔으며, 때가 되면 국청사에 들러 대중들이 먹다 남긴
밥이나 나물 따위를 얻어먹곤 하였다. 그리고 가끔씩 절에 와서 거
닐기도 하고 때로는 소리를 지르거나 하늘을 쳐다보고 욕을 하였다.
절의 스님들은 그런 그를 작대기로 쫓아내곤 하였는데, 그러면 한산
은 손뼉을 치고 큰소리로 웃으며 가버리는 것이었다.
   습득은 풍간스님이 길을 가다가 강보에 싸여 울고 있는 것을 주
워다 길렀다고 하여 그런 이름이 붙여졌다. 그는 부엌에서 그릇을
씻거나 불을 때는 일을 하였는데, 설거지를 하고 난 뒤에 남은 밥이
나 음식 찌꺼기를 모아두었다가 한산이 오면 내주곤 하였다. 어느
날 주지스님이 출타했다가 산 아래 목장을 지나 돌아오는 길에 보니,
한산과 습득이 소떼와 더불어 놀고 있었다. 한산이 먼저 소떼를 향
하여 말하였다.
   "이 도반道伴들아, 소 노릇하는 기분이 어떠한가, 시주 밥을 먹고

놀기만 하더니 기어코 이 모양이 되었구나. 오늘은 여러 도반들과 함께 법문을 나눌까 하여 왔으니, 호명하는 대로 이쪽으로 나오게. 첫 번째, 동화사 경진 율사!"

그 소리에 검은 소 한 마리가 '음메~'하며 앞으로 나오더니, 앞발을 꿇고 머리를 땅에 대고는 지시한 장소로 가는 것이었다.

"다음은 천관사 현진 법사!"

이번에는 누런 소가 '음메~' 하며 대답하더니 절을 하고는 첫 번째 소를 따라갔다. 이렇게 서른 몇 번을 되풀이 하였다. 일백여 마리의 소떼 가운데 서른 대여섯 마리는 스님들의 후신인 것이었다. 그들은 시주 밥만 축내며 공부를 게을리 한 과보로 소가 된 것이다.

이 광경을 본 주지스님은 등골이 오싹해짐을 느끼고 마치 쫓기는 사람처럼 절로 올라가며 혼자 중얼거렸다.

'한산과 습득이 미치광이인 줄만 알았더니 성인의 화신임에 틀림없구나.'

일찍이 여구윤閭丘胤이라는 벼슬아치가 그 고을 자사로 부임해 오더니 병을 얻고 말았다. 그런데 그 병에는 좋은 약, 용한 의원이 다 소용없었으니, 이른바 '백약이 무효'였다. 이를 안 풍간스님이 그를 찾아갔다. 여구윤이 말하는 병세를 듣더니 풍간스님은 깨끗한 그릇에 물을 받아놓고 주문을 외웠다. 그리고는 그 물을 그에게 뿌리자, 언제 아팠던가 싶게 곧 자리를 털고 일어서는 것이었다.

자사가 크게 사례하고 설법을 청하자 풍간스님은 굳이 마다하였다.

"나보다는 문수와 보현께 물어보시오."

"두 분 보살께서 어디 계신지요?"

"국청사에서 불을 때고 그릇을 씻는 한산과 습득이 바로 그들입니다."

그리하여 자사는 예물을 갖추고 국청사로 한산과 습득을 찾아가니, 한산과 습득은 화로를 끼고 앉아 웃고 떠들며 있었다. 자사가 그들에게 가까이 가서 절을 올리자 그 둘을 무턱대고 꾸짖었다. 옆에서 그것을 지켜보던 다른 스님이 깜짝 놀라며 자사에게 말하였다.

"대관께서는 어찌하여 미치광이들한테 절을 하십니까?"

그러나 그 말에 아랑곳 하지 않고 한산은 자사의 손을 잡고 웃으며 말하였다.

"풍간이 실없는 소리를 지껄였군. 풍간이 바로 아미타불인 줄 모르고 우리를 찾으면 뭘 하나?"

이 말을 남기고 문을 나선 한산과 습득은 다시는 절에 찾아오는 일이 없었다. 여구윤은 못내 아쉬워 웃이며 많은 예물을 갖추어 이번에는 한암 굴로 찾아가 예배를 오리고 말씀을 기다렸다.

"도적놈아. 도적놈아."

한산과 습득이 이 말만 남기고 굴속으로 들어가니 입구의 돌문이 저절로 닫아지는 것이었다. 이윽고 돌문이 완전히 닫히더니 그 틈으로 말이 들려왔다.

"너희들에게 이르노니 각자 노력하라."

여구윤은 성인을 친견하고도 법문을 더 이상 듣지 못한 것을 섭섭하게 여겼다. 그리하여 숲속의 나뭇잎이나 석벽이나 아니면 마을의 집 담벼락에 써놓은 세 분의 시를 모으니 모두 삼백 수가 되었다. 그것을 '삼은집'이라 하여 책으로 엮어내었는데, 우리나라에서도 '한산시'라는 제목으로 전해 오고 있다.

정산종사가 제자들에게 말하였다.

"한산과 습득 두 스님은 겉으로 보기에는 바보 같고 거지같이 밥을 얻어먹고 다녔지만, 평생을 일심一心을 놓지 않고 적공을 하였다. 사람이 세상을 살아가자면 일심이 제일이니 일심이 아니고는 어떠한 일도 성공하는 법이 없느니라.

공부를 해도 일심을 들여야 되는 것이오, 사업을 할지라도 일심을 들이지 아니하고는 아니되나니 곧 도학道學 공부를 할 때에도 일심을, 밥을 먹을 때에도 일심을, 길을 걸어갈 때에도 일심을, 남자들이 똥지게를 등에 질 때에도 일심을, 여자들이 구정물에 손을 넣고 설거지를 할 때에도 일심을 들여야 한다."

대중의 밥을 먹으며 수도하는 사람은 수도에 게으름을 피우지 말라는 큰 교훈이다.

탐인호취재 흡여효애자　貪人好聚財 恰如梟愛子
자대이식모 재다환해기　子大而食母 材多還害己
산지즉복생 취지즉화기　散之卽福生 聚之卽禍起

무재역무화 고익청운리  無財亦無禍 鼓翼靑雲裡

탐욕 많은 사람 재물을 모으는 것은
올빼미 그 새끼를 사랑하는 것 같아,
그 새끼가 자라 어미를 먹는 것처럼
재물 많아지면 도로 내 몸 망치나니,
재물을 흩으면 복이 생기고
재물을 모으면 화가 생기나니,
진실로 재물도 없고 또 화도 없으면
저 푸른 구름 속에서 날개를 치리.

—한산시寒山詩—

# 단장斷腸의 아픔

　　　　　　진晉나라의 환온桓溫이 촉蜀나라를 정벌하기 위해 군사를 이끌고 삼협三峽을 통과하던 중이었다.

　부하 중 한 사람이 원숭이 새끼를 붙잡아 배에 실었다. 새끼가 붙잡힌 것을 본 어미 원숭이가 뒤따랐으나 물에는 뛰어들지 못하고 강가에서 슬피 울부짖었다. 배가 출발하자 어미 원숭이가 강가를 따라 필사적으로 100여 리나 되는 길을 달려 배를 쫓아왔다.

　마침내 배가 강기슭에 닿았다. 배가 멈추자 마자 어미 원숭이가 재빠르게 배로 뛰어올랐으나 그대로 죽어 버렸다.

　이상하게 여긴 군사들이 어미 원숭이의 배를 갈라보니 창자가 마디마디 끊어져 있었다. 이 사실을 안 환온은 크게 노했다.

"이놈들, 네 놈들도 낳아주신 어머니가 있을 텐데 이리도 무정할 수 있느냐?"

환온은 원숭이 새끼를 붙잡은 부하를 매질하여 내쫓아 버렸다.

흔히들 애간장을 태운다거나 녹인다고 말한다. 이는 초조한 마음 안타까운 마음이 간과 장을 모두 태우고 녹이는 것을 의미한다.

환장換腸이라는 말은 마음이나 행동 따위가 비정상 상태로 달라지는 것을 말한다. 단장이라는 말은 원숭이 어미의 창자가 마디마디 끊어진 것에서 유래가 되었으나 어찌 원숭이 뿐이랴.

한국 전쟁 때 서울 미아리 고개를 넘어오면서 부모와 자녀, 또는 형제나 부부 간에 헤어졌던 아픔이 있었기에 대중가요 '단장의 미아리 고개'라는 노래가 많은 사람의 사랑을 받은 것이 아닌가. 사람들에게 특히 부모들에게는 자녀로 인하여 한두 번쯤 단장의 아픔을 겪어보지 않은 사람이 있을까?

《부모은중경父母恩重經》에 어머니가 아이를 포태하여 지켜주고 보호해준 은혜《회탐수호은懷耽守護恩》를 기리는 노래 중에

누겁인연중 累劫因緣重
급래탁모태 今來托母胎

39

월유생오장 月逾生五臟
칠칠육정개 七七六精開

여러 겹의 인연이 쌓여
이제 와서 어머니 뱃속에 들었어라
달수가 차가니 오장이 생기고
칠칠에 여섯 가지 정六精*이 열리네.

🌸 육정

눈(眼), 귀(耳), 코(鼻), 혀(舌), 입(口), 의식(意) 등의 정기.

# 스님의 다음 생에 받을 몸

약 1백 년 전, 일본 큐슈의 조그마한 암자에 마을 사람들을 상대로 돈놀이를 하는 스님이 살고 있었다.

스님은 처음에는 조용히 도를 닦으며 살고 있었다. 그런데 마을 사람들이 스님에게 돈을 빌려 쓰게 되면서부터 돈맛을 알게 되었다. 가만히 두어도 돈이 이자로 새끼를 쳐서 자꾸 불어나는 맛에 본격적인 돈 놀이꾼이 되고 만 것이다. 스님은 참으로 철저하게 돈놀이를 하여, 이자나 원금을 받을 날짜가 되기 10일 전이면 어김없이 돈을 빌려간 사람을 찾아가서 통보하였다.

"다가오는 10일이 이자를 낼 날이니 꼭 가져오시오."

"사흘 후면 원금을 갚아야 하는데, 돈은 준비해 두었소?"

돈을 가진 스님 앞에서는 마을 사람들이 모두 "예 예" 하며 굽실거렸지만, 돌아서면 욕을 하고 손가락질하였다.

"도는 뒷전인 채 돈만 밝히는 순 땡초 같으니!"

그러나 마을 사람들은 가난한 데다 다른 곳에서 돈을 쉽게 빌릴 수가 없었으므로 돈이 아쉬우면 싫든 좋든 스님을 찾아 갈 수밖에 없었다.

그러던 어느 해 여름, 한 청년이 스님에게 돈을 갚기 위해 암자를 찾았다. 마침 스님은 낮잠을 자고 있었으므로 단잠을 깨우기가 싫어서 깨어날 때까지 기다리기로 하였다. 그때, 암자의 이곳저곳을 둘러보던 청년의 눈에 뱀 한 마리가 들어왔다.

마루 밑 댓돌에서 대문까지 가지런하게 놓인 디딤돌 중 세 번째 돌 위에 올라앉은 뱀은 자꾸만 자신이 또아리를 틀고 앉은 돌 밑을 쳐다보는 것이었다.

'심심하던 차에 잘 만났다.'

청년은 콩알 만한 왕모래를 주워 뱀을 향해 툭 던졌다.

그런데 뱀은 왕모래를 맞고서도 꼼짝하지 않았다.

'이상하다, 어째서 꼼짝을 하지 않지?'

청년은 '어디 보자' 하면서 굵직한 돌을 주워 힘껏 뱀을 향해 던졌고 돌은 정확히 뱀의 머리에 맞았다. 바로 그 순간, 방에서 낮잠을 자고 있던 스님이 비명을 질렀다.

"아이쿠!"

스님의 비명소리에 놀란 청년이 소리쳤다.

"스님! 왜 그러십니까?"

"어, 자네 왔는가? 어떻게 왔는가?"

어리둥절해하는 스님의 이마에는 시뻘건 피멍이 맺혀있었다

'아 이것이 웬 조화지? 내가 던진 돌은 분명히 뱀의 이마를 맞췄는데 어째서 스님의 이마에 피멍이 든 것일까?

얼른 디딤돌을 돌아보니 뱀은 자취도 없었다.

청년은 스님에게 빌린 돈을 갚고 넌지시 물었다.

"스님은 돈이 많으시지요?"

"나한테 무슨 돈이 있겠는가, 돈 없네."

"그래도 마을 사람들 모두가 스님에게 돈을 빌려 쓰잖아요?"

"이 사람한테 돈을 받아 저 사람에게 주고, 저 사람한테 돈을 받아 이 사람에게 주는 거지. 내게 무슨 돈이 있나."

"스님, 저는 스님께서 돈을 감추어 두신 곳을 알 것 같습니다. 저기·세 번째 디딤돌 밑에 감추어 놓으셨지요?"

순간, 스님은 얼굴색이 파랗게 변하면서 소리쳤다.

"이놈! 네가 그것을 어떻게 알았느냐?"

청년은 차분하게 말했다.

"스님 부디 조심하십시오. 스님의 육신은 방안에서 코를 골며 주무시고 있었지만, 스님의 정신은 뱀이 되어 돈을 지키고 있었습니다. 제가 여기에 온 지 한 시간가량 되었는데, 언제부턴가 저 세 번째 디딤돌 위에 뱀이 올라앉아 자꾸만 돌 밑을 살피고 있었습니다. 무료

하던 차에 왕모래를 집어던졌는데 맞고도 까딱하지 않기에 이상한 생각이 들어 굵은 돌을 주워 힘껏 던져보았지요."

청년은 계속 말을 이어갔다.

"돌은 뱀의 이마에 맞았는데 비명은 왜 스님이 질렀습니까? 지금 스님의 이마에 왜 피멍이 들었습니까? 스님, 잘 생각해 보십시오. 스님의 몸뚱이는 방에 들었지만 스님의 정신은 벌써 다음생 몸뚱이가 되어 디딤돌 밑에 있는 돈을 지키고 있었던 것이 아닙니까?"

이 일이 있고 보름 정도 지났을 때, 스님은 감추어 놓았던 돈을 모두 파내어 가난한 마을 사람들에게 골고루 나누어주었다.

그리고 돈을 빌려줄 때 받은 문서들은 모두 태운 다음, 어디론지 멀리 떠나버렸다.


《불설삼세인과경》에 '만약 전생 일을 묻는다면 금생에 받고 있는 것이 바로 그것이요, 만약 후세의 일을 묻는다면 금생에 짓고 있는 것이 바로 그것이니라' 고 하였다.

오늘날의 나는 전생에 지은 업으로 이루어져 있고 오늘날 짓고 있는 업으로 다음 생이 결정된다. 정산종사는 제자들에게 '형상 없는 마음이나 천지 기운은 보이지 않는 가운데 크게 작용하고 있음을 알아서 운심처사運心處事에 신중을 기하라' 하였다.

사람이 깊은 집착이나 원한이 있으면 현재의 몸으로도 다음 생에 받을 몸에 정신이 가 있어 몸과 혼이 분리되기도 한다고 한다. 다음 생의 모습을 볼 수 있는 것이다. 그 얼마나 무서운 일인가.

# 누님 배 부르시지요

보조국사 지눌*에게는 누님이 있었다. 보조국사가 누님에게 염불을 하라고 할 때마다 그녀는 이렇게 말했다.

"내게는 부처님같이 훌륭한 아우가 있는데 염불 공부를 해서 무엇하겠나. 설사 내가 도를 닦지 않는다 해도 다른 사람까지 제도해 주는 아우가 있는데 나 하나쯤 좋은 곳으로 제도해 주지 않겠소?"

보조국사는 말로써는 누님을 제도할 수 없다는 것을 알고 다른 방법을 쓰기로 했다. 어느 날 누님이 절에 오는 것을 미리 알고 보조국사의 방에 진수성찬을 가득 차려놓았다. 이 때 누님이 들어오자 보조국사는 힐끔 쳐다보고 말했다.

🏵 보조국사 지눌(普照國師 知訥 : 1158-1210)

고려시대 스님으로 선종의 중흥조로 호는 목우자(牧牛子)이며 시호
는 불일 보조국사(佛日普照國師)이다. 8세에 출가하여 25세에 승선(僧
選)에 뽑혔다. 경기도 안성 청원사에서 《육조단경(六祖壇經)》을 열람
하다가 "진여자성(眞如自性)이 생각을 일으키매 육근(六根)이 보고 듣
고 깨달아알지만, 그 진여자성은 바깥 경계들 때문에 물들어 더럽
혀지는 것이 아니며 항상 자유롭고 자재하다."는 구절에 이르러 문
득 깨달은 바 있었다. 그 뒤 평생 《육조단경》을 지은 육조혜능을
사모하여 스승으로 모셨고, 만년에 순천 송광산 길상사를 중창하
고 학인들을 지도하고 법을 행했다. 고려 희종이 즉위하여 송광산
을 조계산으로 길상사를 수선사로 고치고 만수가사(滿繡袈裟 : 산천,
초목, 인물, 문자 같은 것을 가득 차게 수놓아서 지은 가사)를 보냈다. 11년 동안
수선사(현 송광사)를 중심으로 선풍을 일으키며 1210년 대중과 함께
선법당(善法堂)에서 문답을 끝낸 뒤 주장자로 법상을 두세 번 치고
"천 가지 만 가지가 모두 이 속에 있다."는 말을 남긴 다음 법상에
서 앉아 입적하였다.

"누님 오셨습니까? 앉으십시오. 막 공양을 하려던 참입니다."
국사는 혼자서 음식을 맛있게 들고 상을 물렸다. 전에 없던 일이
었다. 보조국사의 누님은 섭섭하고 노여운 감정이 일었다.
"자네가 오늘은 왜 이러나?"
"무슨 말씀입니까? 누님?"

"무슨 말이라니? 나는 그만 집으로 가야겠네."

"진지나 잡수고 가셔야지 먼 길을 그냥 가시면 시장하지 않으시겠습니까?"

"밥을 줄 생각이 있으면서 이제까지 있었나? 몇 십 리 걸어온 사람을 보고 음식을 먹으면서 한 번 먹어보라는 말도 없으니 그게 사람이 할 짓인가?"

"누님, 제가 이렇게 배가 부르도록 먹었는데 누님은 왜 배가 아니 부르십니까?"

"자네가 먹었는데 어찌 내 배가 부르단 말인가?"

"제가 도를 깨치면 누님도 제도된다고 하지 않았습니까? 그렇다면 동생이 배부르면 누님도 배가 불러야 하지 않겠습니까?"

"무슨 말을 그렇게 하는가? 밥은 창자로 들어가고 염불은 마음으로 하여 정신이 극락을 가는 것이니 밥 먹고 배부른 것과는 다른 것이 아닌가?"

"그렇습니다. 제가 음식을 먹어도 누님이 배부르지 않듯이 내 마음으로 염불을 하면 나의 영혼은 극락에 가도 누님은 갈 수 없습니다. 누님이 극락에 가고 싶으면 누님의 마음으로 염불을 해야 합니다. 죽음도 대신하지 못하는 것처럼 극락도 대리 극락이란 있을 수 없습니다."

이 말을 마치고 보조국사는 상좌를 시켜 누님의 점심상을 차려오게 해놓고 말했다.

"누님. 이 동생이 제도할 것을 믿지 말고 당신 자신이 지극정성으로 염불을 하시어 내생에 극락 가도록 하십시오.”

이후로 보조국사의 누님은 지성으로 염불을 하며 수행하였다고 한다.

보조국사의 누님의 일화와 같이 나옹대사에게도 누님이 나옹대사만 믿고 공부를 하지 않았다고 한다. 나옹대사가 누님을 초대하여 놓고 자신만 밥을 먹고 누님에게 ‘누님도 배가 부르지요’ 했다고 한다. 그제서야 동생의 뜻을 안 누님이 공부 길을 묻자 나옹대사는 대답했다.

아미타불재하방　阿彌陀佛在何方
착득심두절막망　着得心頭切莫忘
염도염궁무념처　念到念窮無念處
육문상방자금광　六門常放紫金光

아미타 여래가 어느 곳에 있는고
마음 가운데 두고 간절하게 잊지 말라
생각이 다하여 생각 없는 곳에 이를 때에는
육근문에 항상 자색광명이 빛나리라

선문촬요禪門撮要에 공부하는 방법 중에 “공부를 할 때에는 고개를 들어도 하늘이 보이지 않고 고개를 숙여도 땅이 보이지 않으며 다니거나 머물거나 앉거나 누워도 오직 의문하던 것에 집중해야 한다"
라고 하였다. 이는 공부하는데 꼭 필요한 좋은 지침이다.

  보조국사의 누님에 대한 이야기나 나옹대사의 누님에 대한 이야
기는 같은 내용이다. 내 밥을 내가 먹어야 배가 부르듯, 자신의 공부
는 부모·형제·스승 그 누구도 대신해 줄 수 없다. 나의 인생을 어
느 누가 대신 살아줄 수 없고 나 또한 자식이나 부모의 인생을 대신
살아줄 수 없다. 오로지 나는 나로서 존재할 뿐 아니겠는가.

# 꿈의 참 모습

가난한 한 사내가 돼지꿈을 꾼 뒤 기쁜 마음으로 해몽을 잘하는 사람을 찾아갔다.

"오늘, 한 상 잘 받아먹었구먼."

사내는 남의 집에 세 들어 사는데 그날 오후가 되자 주인집이 승진을 하였다고 큰 잔치를 열어 배부르게 먹을 수가 있었다.

'아, 돼지꿈만 꾸면 배불리 먹을 수 있구나! 오늘도 돼지꿈을 꾸어야지.'

돼지꿈을 기대하며 잠자리에 들었지만, 그날은 아무런 꿈*도 꾸지 못했다. 사내는 고민을 하다가 다시 해몽을 잘 하는 사람을 찾아갔다.

## ✿ 꿈

꿈의 어조는 '굳'인데 '굴' '굴음' '구음' '굼' '꿈'으로 변천되었다고 한다. 우리 문헌에서 최초로 꿈을 언급한 것은 고구려를 세운 주몽신화로서 삼국유사에 기록으로 전한다. 북부여 해부루(解夫婁) 때 재상 아란불(阿蘭弗)의 꿈에 천재가 나타나 '장차 내 자손으로 여기 북부여에 나라를 세울 것이니 너희는 여기를 떠나 동해물가의 가섭원으로 가라.' 하였다. 여기에서는 '내 자손'은 고구려의 시조 주몽을 가리킨다.


"간밤에도 돼지꿈을 꾸었어요."

"아, 오늘은 옷을 한 벌 얻어 입겠는걸."

저녁 무렵이 되자 친척이 찾아와서 옷을 한 벌 주고 갔다. '이 세상 일은 돼지꿈만 꾸면 다 되는구면.'

이렇게 확신한 그는 돼지꿈을 기대하며 잠이 들었으나 마음먹은 대로 돼지꿈은 꾸어지지 않았다. 그래도 욕심을 버리지 못한 그는 다시 해몽가를 찾아갔다.

"또 돼지꿈을 꿨지 뭐예요!"

"어? 오늘은 어디 가서 신나게 맞겠구면. 조심하쇼."

해몽이 좋지 않아 불편한 마음으로 돌아오다가 술에 취한 동네의 소문난 깡패와 마주쳤다. 해몽가의 말이 생각나서 슬그머니 피하자 깡패는 시비를 걸어왔다.

"내가 너한테 어쨌길래 피하는 거냐? 이놈, 오늘 맛 좀 봐라!"

흠씬 주먹질을 당한 사내가 하도 기가 막혀 다시 해몽가를 찾아 갔다.

"첫날은 내가 참말로 꾼 돼지꿈이지만, 둘째와 셋째 날은 꾸지도 않은 것을 지어낸 것인데, 어찌 그리 신통하게 맞힐 수가 있습니까?"

"꿈이란 우리가 일으킨 한 생각의 흔적이라네. 꿈을 비록 꾸지는 않았지만, 꾸었다고 생각하고 이미 말할 때 실제로 꾼 꿈과 같은 기운이 나오는 것일세. 돼지를 키운다고 한 번 생각해 보게. 돼지가 처음에 '꿀꿀'하고 울면 '아, 배가 고픈 게로구나.' 하며 음식을 넣어주지 않는가? 그래도 계속해서 꿀꿀거리고 울면 '자리가 축축해서 그런가보다'하면서 보리짚단을 바꿔주지. 그렇지만 계속 '꿀꿀'대면 '아니, 이놈의 돼지가!'하면서 두들겨 패지 않겠나?"

우리가 어떤 생각을 할 때마다 그에 따른 갖가지 작용이 일어난다. 그 까닭은 그 한 생각이 끝없이 넓고 원만하기 때문이다. 어떻게 마음을 쓰며 단속해야 하는지 꿈 이야기에서 알 수 있다. 돼지꿈을 꾸었다면 다음 날 아침 기분이 어떠했는지 그리고 무슨 생각을 하고 실천하였는지? 복권을 사고자 하는 사람이 가장 많다고 한다.

성현들은 꿈에 대해 관심을 가지면서도 이에 대한 맹종을 경계하였다. 나는 무엇을 믿고 살아왔고, 무엇을 믿고 살 것인가? 어젯밤의 꿈인가, 부모인가, 자식인가, 돈인가, 명예인가, 자신인가, 진리인가.

# 노생의 꿈

당나라에 노생이라는 사람이 있었다. 그에게는 평생 동안 꿈 꿔온 세 가지 간절한 소원이 있었는데, 첫째가 많은 돈을 벌어 거부가 되는 것, 출세하여 이름을 날리는 것, 예쁜 아내를 얻어 아들딸 낳고 영화롭게 사는 것이었다.

어느 날 그는 한단 지방으로 가는 길에 신선도를 닦는 여옹呂翁을 만나 자신의 소원을 하소연하였다. 묵묵히 듣고 있던 노인은 바랑 속에서 목침 하나를 꺼내주면서 쉬기를 권했다.

"고단할 테니 이 목침을 베고 잠깐 눈을 붙이게. 나는 밥을 준비할 테니."

목침을 베고 누운 노생은 금방 잠이 들었는데, 그 순간부터 그의 인생은 새롭게 전개되었다. 그는 평소 소원대로 입신양명하고 천하절색의 아가씨에게 장가들어 아들딸 낳고 부귀영화를 누리면서 참으로 행복하게 살았던 것이다. 80년 한평생을 이렇게 살다가, '밥 먹게.' 하는 소리에 눈을 떠보니 모두가 한바탕 꿈이었다. 80년 부귀영화가 잠깐 밥 짓는 사이에 꾼 꿈이었던 것이다.

❀ 꿈풀이 방법에서 민간에서 겪고 전하는 길몽과 흉몽

〈길몽〉

몸에 날개가 생기면 대길하다.

똥이나 오줌을 뒤집어쓰면 큰 행운이 따른다.

용이 하늘로 오르면 귀인이 된다.

돼지를 보면 먹을 것이 생긴다.

벼락을 맞으면 공돈이 생긴다.

발가벗으면 좋은 일이 생긴다.

집에 불이 나면 집안이 번창한다.

상여를 보면 재물을 얻는다.

붓과 벼루를 들면 좋은 소식이 있다.


〈흉몽〉

목욕을 하면 감기가 든다.

윗니가 빠지면 집안 어른이 죽는다.

모르는 사람과 술을 마시면 구설수에 오른다.

대들보가 무너지면 불길하다.

병자가 노래하면 좋지 않은 일이 생긴다.

산에 올라 산이 무너지면 흉한 일이 생긴다.


양산 통도사 극락암에 대각몽大覺夢, 즉 크게 꿈을 깨라는 현판이 걸려 있다. 온갖 희로애락 속에서 살다가 꿈인 것을 알았을 때는 얼마나 허망하던가. 우리가 살고 있는 이 세상이 바로 한 꿈인 것이다. 죽음을 앞에 두고 지나온 삶을 뒤돌아보았을 때 어떤 모습으로 비쳐질까 생각해 보자.

'그래, 잘 살았어.' 아니면 '다시 살 수 있다면 그렇게 살지는 않았을 텐데.'라고 할 것인가?

어떻게 살아야 '그래 잘 살았어' 라고 할 수 있는가?


꿈에 대한 불교의 대표적인 설화는 '조신의 꿈'이다.

조신은 홍교사 승려이다. 태수 김흔공의 딸을 좋아하여 낙산 관세음보살 앞에 나아가 빌었으나 그 여자가 출가해 버렸다. 그러자 관세음보살 앞에 소원이 이루어지지 않았음을 원망하면서 슬피 울다가 지쳐 잠이 들었다.

꿈은 세파에 시달려 자식을 낳아 기르는 50년 인생 역정이 전개된다. 마침내 15세의 큰 아이가 굶주려죽고 부인과 이별해 떠나려는 순간에 고통스런 삶의 꿈에서 깨어났다. 이에 조신은 크게 뉘우치고 돌아와 꿈속에서 아이를 묻은 곳을 파보니 돌미륵이 나왔다. 이에 사재를 털어 정토사를 세우고 선업을 닦았다고 한다.

# 십만 대를 맞을 팔자

강원도 원주 땅 어떤 농가에서의 일이었다. 주인 여자가 이제 막 대청에 있는 뒤주에서 저녁거리를 챙겨들고 내려서려는데 문간에서 똑딱 똑딱 목탁을 두드리며 늙은 중이 염불을 외우는 소리가 났다.

여자는 무슨 생각을 했는지 잠간 쌀바가지를 물끄러미 들여다 보다가 그 길로 나와 노승의 바릿대에 폭삭 쏟아 부어 주는 것이었다.

"관세음보살."

고맙다고 고개를 굽혔다 든 노승은 깜짝 놀랐다.

'이렇게 곱게 쓿은 쌀을…… 그것도 주인 대주와 같이 자실 저녁

쌀이었던 모양인데.'

다시 한 번 합장하여 사례를 하고 쳐다보니, 주인 여인은 외면하고 돌아서는데 노승은 뭉클하니 가슴에 느끼는 것이 있었다.

나이는 스물 서넛 아름다운 옆모습, 별반 다듬은 데도 없건만 그런대로 모습에서 광이 난다.

그러면서도 어딘지 모르게 검은 안개처럼 수심의 그림자가 서려 있었다.

"말씀 여쭙기 황송합니다만, 아주머니께서는 남모르는 수심에 싸여 계신 것 같습니다. 무슨 걱정이라도 계시오니까?"

" ..... "

"말씀 아니하셔도 소승은 소승대로 다소 짐작되는 바가 있어서 말씀드리는 것이올시다. 아주머니께서는 결혼하신 지 여러 해가 지났건만 아직 아기가 없으셔서 그 일로 걱정이 되시는 것은 아닌 성싶습니다. 부부 정리情理도 그만하면 남 보기에는 의도 좋다고 할 정도입니다. 그렇건만 부군에서 약주만 잡수시면 손찌검을 하시지 않습니까? 그러시지요?"

" ...... "

"말씀 아니하셔도 소승은 짐작이 있습니다. 부군께서는 오늘도 지금 아래 주막에서 약주를 잡수고 계시지요. 이따가 들어오시면 또 손찌검을 하실 겁니다."

" ...... "

"그렇지만 아주머니께서는 정성스럽게 이렇게 곱게 쓿은 쌀로 시주를 해주시기에 말씀드리는 것입니다. 지금 이 길로 집 안팎을 말끔히 치우시고 손에 들고 때릴만한 것은 말끔히 치워 버리십시오. 그리고 단 한 가지 목화 따서 말리는 다발이 있지 않습니까? 그것을 묶어서 마루 귀퉁이에 세워두시면 다 되는 도리가 있을 것입니다. 부디 잊지 마시고 그리 하십시오. 그리하여 부군의 그 매질하는 버릇이 없어지시거든 이것은 소승의 공덕이 아니오라 부처님의 높으신 은덕이오니 그 상세한 말씀은 내년 이날 이 시간에 다시 와 말씀드리겠사오니 오늘 모양 깨끗이 쓸은 쌀로 시주나 하여 주십시오. 그럼 부디 안녕히 계십시오. 나무 관세음보살."

노승이 돌아간 뒤 부인은 다시 쌀을 떠다 저녁을 지어, 밥을 먹을 생각도 않고 식기를 덮어 윗목에 두고 동그마니 앉아 남편이 돌아오기를 기다렸다.

노승 말대로 때릴만한 것이라곤 신발짝 부지깽이 하나까지라도 깨끗이 치워놓고 목화 다발만 묶어서 세워 두었는데 어찌 되려는가?

곰곰이 생각에 잠겨 있는데 바깥이 떠들썩했다.

"에퉤 이년 어디 갔어? 이 염병을 할 년 이 년이 남편이 돌아와도 일어나 나오지도 않아? 이런 죽일 년! 옳지 이 년 너 잘 만났다. 이년 이제 나와?"

어쩌고 하며 때릴 것을 찾는데 손에 집어지는 것이 없다.

사방을 찾아다니다가 간신히 목화 다발 묶어세운 것을 집어 들고 쫓아와서 후려친다.

푹석하나 아플 것도 없다.

"옳지, 그러면 무슨 도리가 있다더라. 실컷 때리려무나."

두 손을 모아 머리를 싸고 엎드려서 반항을 않으니 때리기도 싱겁든지 푹석푹석 한참을 때리다가 제 풀에 숨이 차서 집어 내 동댕이 치고 나가 나동구라진다.

그러더니 이내 드르렁 드르렁 코를 고는 것이다.

처음 겪는 일이 아니라 허리띠 대님 끄르고 버선 벗기고 베개 베어 주고 이불 끌어당겨 덮어주고 나서 자신은 치마 고리도 끄르지 않은 채 옆에 누워 그렁그렁 밤을 났다.

남편이 부스스 일어나더니 물을 찾는다. 집어주는 대로 자리끼를 한 그릇 들이키고 나더니 겸연쩍은 듯이 말을 한다.

"내가 엊 저녁에도 몹시 취했었지? 어디 몹시 때리지나 않았소? 안 그래야지 하면서도 자꾸 그래서 탈이야."

신기한 일도 다 있지. 그런 일이 있은 뒤로 술에 취해 돌아와도 다시는 매를 드는 일이 없어지고 저녁 안 먹었느냐 좀 늦은 것 같거든 먼저 먹지 그랬느냐고 상냥하기가 이를 데 없다.

그렇기로 제 버릇 개주랴? 며칠 가나 했더니 한 달, 두 달, 반 년, 어언 일 년이 되도록 다시는 그런 기색이 없다.

옳지 작년 그때가 돌아온다.

쌀을 깨끗이 쓸어서 따로 담아 놓고 그 신기한 노승이 다시 찾아 오기만을 기다렸다.

"또르락 또르락"

아니나 다를까 정말 저녁이 되니까 날짜도 어기지 않고 노승이 찾아왔다. 여자는 반색을 하며 쌀그릇을 들고 한 걸음 한 걸음에 달려 나갔다.

"감사합니다. 나무 관세음보살, 아이고 아주머니 얼굴에 이제야 환하게 화색이 도시는구먼요. 어떠십니까? 그 뒤론 다시는 손찌검을 하지 않으시지요?"

"네 참 그런데 그게 무슨 방문입니까? 그렇게 여러 해 해오던 버릇이 하루 아침에 딱 그치니……"

"네, 모두 부처님 덕택이올시다. 작년 오늘입지요. 아주머니께서 그렇게 정성어린 시주를 해주지 않으셨습니까? 얼굴을 뵈니 수심이 가득하셔서, 소승이 몰골은 이러해도 조금 내다보는 바가 있습죠. 그래 가르쳐 드릴까 말까 망설이다가 결국 이렇게 판단을 내린 것입니다. 정성껏 부처님을 위해 받드는 마음이라면 전생의 허물쯤 하루 빨리 벗겨 드리는 것이 당연하지 아무럼 그것이 부처님의 뜻이니, 실은 아주머니께서는 소 모는 사람이셨습니다. 남편께서는 아주머님께 직접 얻어맞으며 일한 소였습니다. 그래서 이생에서 서로 만나실 때 전생에서 맞은 만큼 보복을 하라고 맞붙인 것입니다. 꼭 십만 대를 때리라고."

"에구머니나! 십만 대나요?"

"예, 그러니 홍두깨로 맞거나 방망이로 맞거나 십만 대를 채워야 끝내게 마련이지요. 그러니 몸은 약하신데 무시로 그렇게 매를 맞으시면 배기시겠어요? 그런데 맞은 그 회초리 개수가 모두 얼마나 됩니까? 천 개라고 친다면 백 번만 맞으면 십만 번 아니겠습니까? 그때까지 맞으신 숫자가 있지 않습니까? 그러니까 그날 약주 잡숫고 때리신 걸로 깨끗이 끝난 것입니다. 그때 만약 시주를 하시는 게 정성이 없으셨다든가 그냥 돌려보내셨다면 오늘까지도 아니 십만 대가 끝날 때까지 방망이로든 부지깽이로든 그 숫자는 채우셔야 되셨을 것입니다. 이 다음에라도 부처님 잘 위하십시오. 나무 관세음보살."

여자는 자기도 모르게 마주 합장을 하며 노승을 전송하였다. 멀어져가는 뒷모습을 한없이 바라보고 섰던 그녀의 눈에서는 두 줄기 눈물이 하염없이 흘러내렸다.


부처님께서도 정업定業은 면치 못한다고 했다. 이는 이미 정해진 업에 대해서는 죄복을 주는 권능이 상대방에게 있기 때문에 한번 결정된 업은 면할 도리가 없이 받게 된다는 뜻이다. 그러나 위의 이야기는 이미 정해진 업을 몇 년 아니 평생 맞을 매를 한꺼번에 맞아 과보를 면한 것이다.

불보살들은 여러 생에 받을 과보라도 단생에 줄여서 받는다고 한다. 3생을 거쳐 받아야 할 업보를 3년 만에 모두 받고 고려 문종의 넷째 왕자로 태어난 대각국사의 이야기는 유명하다.

# 3생을 3년으로 줄인 대각국사

고려의 대각국사 의천*스님은 1055년 9월 28일, 고려 제11대 임금 문종과 인혜 왕후 사이에서 넷째 왕자로 태어난 분이다.

의천스님은 높고 넓은 이마가 시원했다. 깊숙한 눈자위 속에서 형형한 눈빛이 여러 사람을 훑을 때마다 반짝반짝 빛났다. 그러나 그는 태어나는 순간부터 울기 시작하여 잠시도 울음을 그치지 않았다. 젖을 먹여도 울고 얼러도 울고 도무지 울음을 그칠 줄을 몰랐다. 왕자의 탄생을 기뻐하기도 전에 왕실은 근심에 휩싸였고 마침내 모진 병을 앓는 것이 아닌가 하는 염려와 근심 속에 어의御醫에게 진찰토록 했다. 어의가 진찰을 해봐도 아무런 이상이 없다고 했다.

다시 한 번 자세히 진찰을 해보도록 어명을 내려서 꼼꼼히 진찰을 해보았지만, 역시 이상한 점이라고는 조금도 찾을 길이 없었다. 어의는 할 수 없이

"대왕마마, 아무리 살펴보아도 왕자께서 우는 까닭을 알 길이 없습니다. 하오나 한 가지 분명한 것은 왕자님의 건강에는 아무런 이상이 없다는 점입니다."

라고 소견을 밝혔다.

문종과 왕비는 답답할 뿐이었다. 그런데 이상하게도 멀리서 은은

하게 들려오는 목탁소리를 듣기만 하면 왕자가 울음을 딱 그치는 것이었다. 이를 이상하게 여기고 문종은

"이것은 예삿일이 아니다. 저 목탁소리가 나는 곳을 찾아가 보도록 하라."

고 어명을 내렸다. 이에 두 관리는 목탁소리가 들려오는 서쪽을 향해 길을 떠났고 서해 바닷가에 이르자, 배를 타고 계속 서쪽으로 나아가 항주의 경호에 이르렀다. 그 호숫가에 이르자 절이라고도 할 수 없는 조그마한 암자에서 목탁소리가 들려오고 있는 것이었다.

두 관리는 목탁을 치며 염불하는 스님에게 찾아온 까닭을 설명하고 고려로 함께 가서 왕자의 병을 고쳐 달라고 간청했다. 그 스님은

"그것 참 이상한 일이오. 어디 함께 가 봅시다."

하고는 고려로 와서 왕자를 만나 보았다. 그래도 왕자는 울음을 그치지 않았다. 이윽고 스님이 왕자를 물끄러미 내려다보다가 갑자기 두 손을 모으고 정중히 절을 했다. 그런데 이게 웬일인가! 그렇게 울던 왕자가 울음을 뚝 그치는 것이 아닌가! 아니 방긋방긋 웃기까지 하는 것이었다.

이에, 문종이 스님에게 고맙다고 치하를 하면서 한 가지 걱정이 더 있다고 했다. 그 걱정은 왕자로 태어난 이후로 아직까지 왼손을 펴지 않고 있다는 것이다. 억지로 펴보기도 했으나 도무지 펴지지가 않는다는 것이다. 이 말을 들은 스님이

"그런 소승이 한번 해보겠습니다."

하고는 천천히 왕자에게 다가가서 살며시 왕자의 왼손을 잡고 몇

번 쓰다듬었다. 그러자 왕자가 꼭 쥔 손을 활짝 펼쳤다. 그런데 활짝 펼친 조그마한 손에 불무령佛無靈이라는 세 글자가 뚜렷이 새겨져 있는 것이었다.

이 글을 보고 중국에서 온 스님이 갑자기 왕자 앞에 꿇어앉아 흐느껴 울기 시작했다.

"스님, 스님, 우리 스님! 여기서 이렇게 뵐 줄은 꿈에도 몰랐습니다."

하고 소리를 치며 울기 시작했다.

한참 울고 난 스님은 갑작스런 이 광경에 의아해하는 문종을 보며 말했다.

"참으로 기이한 인연입니다. 저의 스승님께서 환생하시어 이 나라의 왕자님이 되셨으니……."

"그 말이 무슨 말이오?"

"저에게는 존경하고 따르던 스님 한분이 계셨습니다. 그 분은 본래 가마를 메고 다니던 가마꾼이었습니다. 그런데 워낙 검소하여 번 돈의 일부를 쓰고 나머지는 반드시 우물에 던져 저축을 했습니다. 몇 십 년이 지나자, 우물은 돈으로 가득 차게 되었고 평소 불교를 숭상하던 그분은 경호 호숫가에 절을 짓고 스님이 되었습니다. 그분의 덕이 높고 불심이 아주 깊어 주위 사람들의 존경을 한 몸에 받았으며 저도 그분을 흠모하여 제자가 되었습니다. 그런데 정말 알 수 없는 일이 잇달아 일어났습니다. 스님은 절을 짓고 목탁을 두드리며 기도정진만 하였는데, 이상하게도 1년이 지나자 앉은뱅이가 되었고, 2년이 되어 장님이 되어 버렸습니다. 그리고 3년째 되는 어느 날, 벼락을 맞고 돌아가셨습니다. 그 때 저는 너무도 기가 막혔습니다. 그래서 저는 '불심이 깊고 염불과 기도정진을 열심히 하신 스승님을 이토록 허무하게 보내다니……. 과연, 부처님의 영험은 있는 것인가? 부처님의 영험이 없는 것이 아닌가?' 하며 깊은 회의에 빠졌습니다. 저는 도저히 허무한 마음을 누를 길이 없어 은사 스님 왼쪽 손바닥에 부처님은 영험이 없다는 부처 불佛자, 없을 무無자, 영험스러울 영(靈)자인 불무령佛無靈이라는 세 글자를 새긴 뒤 장례식을 치렀습니다."

스님은 자신도 모르게 흐르는 눈물을 훔치며

"그 후에도 저는 은사 스님에 대한 마음을 지울 길이 없어 날마다 그 분이 생전에 쓰시던 목탁을 두드리며 명복을 빌고 있었습니다. 그런데 우리 은사 스님이 이렇게 바다 건너 고려 땅에서 왕자의 몸으로 환생할 줄이야……. 이제야 부처님의 참뜻을 알 것만 같습니다."

이러한 사연을 들은 문종은 몹시 감탄하며,

"불무령이 아니라, 있을 유有자 불유령佛有靈이구려. 그 스님이 갖가지 어려움을 한꺼번에 받을 수 있었던 것이야말로 부처님의 영험이 아니고 무엇이겠소. 과거 현재 미래 삼생을 거쳐 받아야 할 전생의 죄 값을 3년 만에 모두 받았으니……. 이제 왕자가 모든 죄를 씻고 태어났으니 틀림없이 이 세상을 위해 큰일을 하게 될 것이오."

라고 했다.

이렇게 문종의 예언처럼 왕자는 뒷날 출가하여 남달리 불도를 닦아 마침내 대각국사 의천스님이 되었으며, 천태종을 세워 고려에 새로운 불교를 꽃 피운 역사적인 인물이 된 것이다.


　업業이란 몸과 입과 뜻으로 짓게 되는 선악의 행위를 말한다. 사람
뿐만 아니라 태어난 모든 것은 살아가기 시작하면서 업을 짓게 된다.
그 업을 어떻게 짓느냐에 따라 선도와 악도가 결정된다.
　소태산 대종사는 제자들에게 말했다.
　"정업은 부처님의 능력으로도 없애지는 못하지만, 여러 생에 받을
과보를 단생에 줄여 받을 수는 있다."
　정업定業은 받는 시기에 따라 세 가지가 있다. 현세에 짓고 현세에
받게 되는 순현업順現業과 현세에 짓고 내세에 받게 되는 순생업順生業,
그리고 현세에 짓고 내세 또는 내내세세 받게 되는 순후업順後業으로
구분된다.

# 원수끼리 맺어진 부부

충청도 보은군에 있는 속리산 법주사 가는 길목에는 정이품송 한 그루가 있다. 그 부근 마을을 '진터'라 부르고 그 마을에서 동쪽으로 들어간 산골짜기를 '가마골'이라 하는데 그렇게 부르게 된 사연이 있다.

조선의 제7대 임금인 세조에게는 딸이 하나 있었다. 어려서부터 매우 슬기롭고 영리하여 귀여움을 독차지하며 자랐다. 그런데 세조가 계유정난*을 일으켜 김종서 등 여러 대신을 죽이고 마침내 단종을 몰아내고 왕 위에 오르자 딸은 이를 몹시 안타까워하며 아버지께 아뢰었다.

✿ 계유정난(癸酉靖難)

1453년(단종 1년)에 수양대군(세조)이 전조(前朝) 때부터 내려오던 원로
신하를 없애고 스스로 정권을 잡은 사건이다. 표면적인 이유는 안
평대군을 중심으로 김종서, 황보인 등이 역모했다는 것이지만 실
상은 수양대군이 왕이 되려고 일으킨 정변이다. 수양대군은 지략
이 뛰어난 김종서부터 없애고자 그의 집에 가서 때려죽였는데 그때
아들 승규, 승벽 등도 몰사하였다. 황보인도 피살당하고 안평대군
은 사사(賜死)당하였다. 수양대군은 영의정이 되어 실권을 장악하고
조카인 단종의 왕위를 강탈하였다. 단종은 영월로 추방당했다가
그 곳에서 죽음을 당했다.

"아바마마, 왜 어진 재상들을 모두 죽이시나이까. 그리고 어린 임
금이 가엽지도 않으십니까?"

그러나 세조는 딸의 말을 들은 척도 하지 않았다. 뒤이어 성삼문
등 충신들을 죽이고 어린 단종까지 영월로 내쫓은 후 죽여 버리자,
공주는 비통한 마음을 금치 못하여 눈물을 흘리며 간하였다.

"아바마마, 어쩌자고 충신들을 그처럼 참혹하게 죽이시고 이제 죄
없는 어린 상왕마저 살해하시나이까? 후에 사람들이 아바마마를 어
떻다 하오리까? 참으로 너무하시나이다."

이에 세조는 크게 노하여 명하였다.

"참으로 방정스럽고 괴이한 계집이로구나. 당장 끌어내어 사약을
먹여라"

이리하여 공주가 꼼짝없이 죽게 되었는데 왕비 윤 씨가 이 소리를 듣고 자식을 사랑하는 모정에 차마 그대로 둘 수가 없어 몇 번이나 남편에게 매달려 살려달라고 하였으나 세조의 고집을 꺾을 수 없었다. 생각다 못한 윤 씨는 마침내 금은 패물을 싸서 유모한테 맡기고 어디든지 공주를 데리고 가서 숨어 살 것을 부탁하였다.

공주와 유모는 남장을 하고 눈물을 흘리며 대궐을 빠져 나왔으나 구중궁궐 깊은 곳에 살던 그들에게 세상이 넓다한들 어디로 가야할지 그저 앞이 막막할 뿐이었다.

두 사람이 낮에는 숨고 밤이 되면 걸어서 발길 닿는 대로 걸어 당도한 곳이 보은 땅이었다. 한참을 걷다 큰 소나무 아래에 이르자 공주가 털썩 주저앉아 버렸다.

"아유, 이제 더 못가겠어요. 여기서 쉬어 갑시다."

유모도 뒤따라 쉬고 있는데 마침 그 때 나무꾼 한 사람이 나무를 한 짐 지고 오더니 짐을 받쳐놓고 쉬는 것이었다.

두 사람의 시선이 나무꾼에게 쏠렸다. 한 십칠팔 세쯤 되어 보이는 준수하게 생긴 총각이었는데, 나무꾼도 두 사람을 유심히 바라보았다.

"어디를 가시는 나그네 이시온지 매우 피곤해 보이십니다."

나무꾼이 두 사람을 번갈아 보다가 약간 의아스럽다는 듯이 고개를 갸우뚱하며 물었다. 분명 차림새를 보아선 남자임이 분명한데 젊은 나그네의 아리따운 얼굴 모습이라든지 중년객의 목소리가 여성의 음성이었다.

나무꾼은 무슨 생각을 하였는지 이렇게 말하였다.

"오늘은 날도 저물어가고 또 여기서 인가가 있는 곳을 가려면 한참 걸어야 합니다. 저의 집이 여기서 멀지 않으니 같이 가시는 게 어떻겠습니까?"

두 사람은 나무꾼의 말씨나 태도가 매우 공손하고 믿음직스러울 뿐 아니라, 더 갈 힘도 없고 지쳐서 총각의 뒤를 따라 깊은 산중 숲속 바위 밑에 자리 잡은 움집으로 갔다.

깊숙한 산중 외딴 집에서 가족도 없이 총각 혼자 살고 있는 것이 겁도 나고 의심도 났으나, 워낙 총각이 공손하고 다정스러워서 그날 밤 총각이 지어다주는 밥을 먹고 피로에 지친 몸을 쉬었다.

이튿날 아침이 되었으나 피로가 겹친 공주가 병이 나자 그들은 떠나지 못하고 그 움집에서 며칠을 더 묵게 되었고 하루 이틀 지나는 동안에 총각은 두 나그네가 실은 여인이라는 것을 알게 되었다. 그러던 어느 날 유모는 총각을 불러 놓고 말하였다.

"우리들은 본시 서울 대갓집 아녀자들 이온데 큰 화를 당해 변장하고 숨어 다니는 중이옵니다. 이제 당신같이 좋은 분을 만나 말씀드리는 것이오니 제발 숨겨 주시어 목숨만 살게 하여 주시기 바랍니다."

목 메인 소리로 호소하는 유모를 보고 총각도 얼굴색이 순간 달라지면서 눈물이 글썽해지며 자기도 역시 화를 피하여 이곳에 살고 있는 길이라 하며 어차피 같은 처지이니 함께 지내자는 것이었다.

그 뒤부터 그들은 한솥밥을 먹고 한방에서 기거를 하게 되었고 그러는 사이에 젊은 두 남녀는 정이 들어 마침내 맑은 생수를 떠놓고 성례를 하고 부부의 연을 맺었다. 부부가 되자 총각이 먼저 물었다.

"당신은 대체 어느 댁 따님이시오? 우리 기왕 한 몸이 되었으니 숨길 것이 무엇이겠소?"

그리하여 공주는 자신의 신분을 밝히고 이곳까지 오게 된 사연을 말하였다. 한숨과 눈물 속에 이야기를 다 듣고 난 신랑은 갑자기 일어나 공주에게 두 번 절을 하고 목 메인 소리로 자신의 신분을 밝혔다.

"처음부터 귀하신 분인 줄은 짐작했습니다만, 참으로 이럴 줄은 몰랐습니다. 이 사람은 바로 김종서 대감의 둘째 손자올시다. 집안이 온통 망하고 가족이 모두 살해될 때 하인의 도움으로 도망쳐 나와 이곳에 숨어 살게 된 것입니다."

이 말을 들은 공주와 유모는 깜짝 놀랐다.

원수끼리 맺어진 부부였지만, 그들은 한껏 정답고 단란하기만 했다. 실로 꿈 같은 현실 속에서 세월이 꿈 같이 흘러갔다.

몇 년이 흘러가자 이들은 귀여운 아들딸을 낳았고, 차츰 경계가 누그러지자 값진 보물을 팔아 마을로 내려갔다. 거기에서 집과 땅도 사고 뒷산 골짜기에 숯 굽는 가마를 만든 후 숯을 구어 보은 읍내에 나가 팔기도 하며 행복하게 살아갔다.

그런데 이 무렵 피부병이 든 세조가 병을 고치기 위하여 명산대찰을 찾아 기도를 드리는데 마침 속리산으로 행차했다. 이들이 사는 집은 속리산 초입 길목인 정이품송 근처 마을에 있었다. 이 소문을 들은 공주 내외는 그때 여섯 살 난 아들과 네 살짜리 딸에게 밖에 나가지 말라고 당부하였다.

세조가 그 마을 앞 큰 소나무 아래 행차를 머물게 하고 쉬자 동네 아이들은 웬 구경거리인가 싶어 일제히 몰려와 구경했다. 부모의 당부를 잊은 어린 두 남매도 이내 호기심이 발동하여 구경하는 아이들 틈으로 들어갔다.

그 때 세조가 무심히 아이들을 내려다보다가 아이들 사이에 있는 어린 두 남매를 발견하였고, 생김생김이며 차림이 다른 아이들보다 훨씬 돋보이는데다 모습이 옛날에 죽은 딸의 얼굴과 흡사했다.

세조는 곁에 있던 신하를 불러 두 아이의 집을 알아보도록 지시한 후 그 곳을 떠났고 지시를 받은 신하는 두 남매의 뒤를 따라가 집을 알아두었다.

이튿날 세조는 평복을 하고 두 명의 신하만 거느리고 아이들의 집 앞에 당도하여 물을 얻어오게 하였다.

신하 한 사람이 물 한 그릇을 청하였는데 공주가 문틈으로 밖을 내다보니 세조가 문 앞에 서 있는지라 깜짝 놀라 뒷문을 통하여 숯을 굽고 있는 남편을 찾아가 이 사실을 알리고 아이들과 함께 산을 넘어 도망을 가고 말았다.

대신이 조금 전까지 인기척이 있었는데 아무리 물을 청하여도 대답이 없자 의심이 나서 문을 열어보니 뒷문이 열려있고 사람의 흔적이 없었다. 이는 분명한 역적의 무리라 생각하고 세조를 급히 모시고 돌아간 후 군사를 이끌고 마을에 진을 친 뒤 군사를 풀어 아무리 잡으려 했으나 잡을 수가 없었다. 세조는 자신의 딸이 숨어 살고 있음을 알고 천륜의 정이 쏠리었으나 차마 말을 하지 못하고 말았다.

이 뒤부터 군사가 진을 친 마음이라 하여 마을 이름을 '진터'라 하였고 숯을 굽는 가마가 있었다 하여 '가마골'이라고 불렀다는 것이다.


수양대군세조과 김종서의 인연은 수양대군의 딸과 김종서의 손자가 인연이 되어 부부의 연을 맺고 아들딸을 낳았으니 두 집안의 인연은 어떤 인연인가. 또한 이렇게 맺어진 인연이 '원수는 외나무다리에서 만난다'는 인연인가, 아니면 해원을 위한 하나의 움틈인가 생각해 볼 일이다.

인간이 죽어서든 살아서든 선악을 윤회輪廻하게 되는 것은 지금의 인연을 어떻게 만드느냐에 따르는 결과이다.


인간으로 태어나기가 얼마나 어려운가를 불교 경전 중 다른 《아함경》에 들지않은 짧은 내용들 여러 가지를 모아 놓은 《잡아함경》이 있다. 그 중에 〈맹구경盲龜經〉에 이런 이야기가 나온다.

"과거 아주 옛적에 이 지구가 물로 가득한 바다였던 시대가 있었다. 이 바다 밑에 거북이 살고 있었다. 거북은 눈이 보이지 않았다.

눈 먼 거북은 1백 년에 한 번씩 바다 위로 떠올라 머리를 내민다. 넓디넓은 바다에는 나무토막이 하나 떠다니고 있었다. 그 나무토막에는 거북의 목이 들어갈 만한 구멍이 있었다.

거북이 1백 년 만에 올라올 때 나무를 만나기가 매우 어렵다. 나무를 만났다손 치더라도 구멍에 목을 맞추기는 더욱 어려운 일이다. 그런데 인간으로 태어나기는 이보다 어렵다고 한다."

사람으로 태어난다는 것이 얼마나 희유稀有한가. 태어났어도 수많은 사람 중에 서로 인연된다는 것은 더욱더 희유한 것이다.
이렇게 희유한 만남을 어떠한 만남으로 만들어 갈 것인가?

# 보좌 위의 가죽신

옛날에 시거왕十車王이라는 임금이 있었다. 왕은 정부인에게서 아들을 낳아 이름을 나마羅摩*라고 부르고 둘째 왕비가 낳은 아들을 나만羅慢이라고 불렀다.

나마태자는 용맹스러워 소의 4천만 갑절이나 되는 나라연신那羅延神과 같은 힘을 갖고 있었으며 지혜와 미모가 출중했다. 사람들은 그의 목소리를 듣고 모습만 보아도 두려워하였으며 감히 대적을 못했다.

시거왕은 셋째 왕비가 아들을 낳자 그 이름을 파라타婆羅陀라고 부르고 넷째 부인이 아들을 낳자 이름을 멸원악滅怨惡이라고 불렀다.

❀ 나마왕(羅摩王)

인도의 옛 성왕(聖王)으로 서사시에서는 나마연나(羅摩衍拏)라고 불
리운다. 나마(羅摩)는 나마(邏摩) 또는 나마(囉摩)라고도 하는데 번역
하면 능선(能善), 작선(作善)이다. 중인도국 아유타국 시거왕의 장자
로 일찍이 모든 면에 통달하였으며 비제아국(毘提阿國) 자나가 왕의
딸 사다(私多)와 결혼하였으나 왕위 계승에 관한 문제로 14년간 귀
양의 형을 받았다. 형기(刑期)를 마치고 본국에 돌아와 왕위를 계승
하였다.


왕은 4명의 부인 중에서 셋째 왕비를 깊이 사랑했다.

"짐은 그대를 나의 모든 재보를 다 주어도 아깝지 않을 만큼 사랑
하고 있소. 내 그대의 소원이라면 무엇이든 다 들어 줄 테니 망설이
지 말고 말해 보오."

"지금은 아무 것도 바라지 않습니다. 오직 전하께서 저를 자주 찾
아 주시고 어여삐 여기는 것으로 만족합니다. 하오나 나중에 기회를
봐서 드릴 청이 있을 줄 아옵니다."

"무슨 청인지 미리 말해 보오."

"때가 되면 말씀드리겠습니다."

그 후 왕은 병이 들어 목숨이 위독하게 되자 곧 정부인의 아들 나
마태자에게 왕위를 물려주었다. 나마태자는 명주로 머리를 매고 천
관天冠을 쓰고 임금의 옷차림을 하니 부왕 못지않게 아주 준수해 보
였다.

그때 왕을 간병하고 있던 셋째 왕비는 왕의 병세가 호전되자, 그것을 자기의 덕택이라고 생각했다. 그리고 그녀는 나마가 부왕의 뒤를 잇게 된 것을 몹시 질투했다.

그녀는 왕에게 말했다.

"폐하께서는 그 전에 저의 소원을 무엇이든지 들어 주시겠다고 말씀하셨지요?"

"그래, 소원이 있거든 어서 말해 보오. 내가 다 들어 주겠소."

"나마를 왕위에서 내려놓고 파라타에게 왕위를 물려주십시오. 그렇게 하시면 이 나라는 더욱 부강해질 것이옵니다."

왕은 이 말을 듣는 순간 숨이 콱 막히는 것 같았다.

어릴 때부터 한 번도 약속을 어긴 일이 없는 시거왕은 눈앞이 캄캄하고 아찔했다. 태자를 폐위시키자니 이미 즉위한 왕이요, 그대로 두자니 왕비에 대한 천금 같은 약속을 어기게 되기 때문이었다. 왕은 음식을 삼키려고 해도 삼키지 못하고 뱉으려고 해도 뱉지 못하게 되었다.

생각 끝에 왕은 할 수 없이 나마를 폐위시키기로 했다.

그러자 둘째 동생 나만이 형에게 말했다.

"형님은 용맹스러운 힘을 갖고 있을 뿐 아니라, 신비로운 지혜의 힘까지도 갖추고 계십니다. 이런 치욕을 당하면서 어찌하여 그것을 사용하려 하지 않습니까?"

"아바마마의 소원을 어기면 어찌 효자라 할 수 있겠느냐. 그리고 셋째 어머니는 비록 나를 낳지는 않았지만 아바마마께서 내 친어머니 이상으로 사랑하고 계신다. 동생 파라타도 성격이 온화하고 전혀 나쁜 마음을 갖고 있지 않다. 나에게 힘이 있기는 하지만 어찌 부모나 동생에게 해를 가할 수 있겠느냐.”

시거왕은 두 왕자를 멀리 떨어진 타국의 깊은 산중으로 유배를 보내고 14년이 지난 후에 귀국하도록 엄명을 내린 후 숨을 거두었다. 나마와 나만 형제는 슬픔을 견딜 수 없었으나 조금도 원망하는 기색을 보이지 않고 왕궁을 떠나 멀리 산 속으로 갔다.

그 무렵 이웃나라에 머물고 있던 파라타는 곧 귀국하여 왕위에 오르게 되었다. 파라타는 본래 두 형들과 사이가 좋을 뿐 아니라 겸양의 덕도 갖추고 있었다. 부왕이 세상을 떠나고 자기 어머니가 폐위에 관여한 사실을 알게 된 파라타는 몹시 괴로웠다.

“어머니는 어찌 이렇게 부도덕할 수 있습니까. 이런 처사는 우리 왕가를 송두리째 불살라 버리는 것과 꼭 같습니다.”

파라타 왕은 첫째 왕비에게 어머니로서의 예를 다하여 전보다 더 극진히 공경하고 효양하였다.

어느 날 파라타 왕은 군사를 이끌고 형들이 귀양살이를 하고 있는 타국의 산기슭에 가서 군사를 후방에 멈춰 세우고 혼자 산기슭으로 올라갔다. 동생이 찾아 왔다는 말을 듣고 나만은 형에게 말했다.

“형님, 전에는 동생 파라타가 겸손하고 온순했는데 오늘은 군사를 이끌고 와서 우리 형제를 죽이려나 봅니다.”

형이 파라타를 향하여 말했다.

"아우여, 그대는 무엇 때문에 군사를 이끌고 이곳까지 왔는가?"

"먼 길을 여행하는 동안에 도적떼를 만날까 두려워 군사를 이끌고 왔을 뿐 딴 뜻은 없습니다. 형님, 부디 귀국하셔서 국정을 보살펴주십시오."

"나는 부왕의 명령을 받고 멀리 이곳까지 왔다. 만일 경솔하게 내 멋대로 돌아간다면 인간으로서 효성을 어기는 것이 될 것이다."

동생 파라타는 거듭 귀국하기를 간청했으나 형의 마음은 돌처럼 굳기만 했다. 형을 도저히 설득할 수 없다는 것을 안 동생은 형에게 부탁하여 형의 가죽신발을 안고 왕궁으로 돌아왔다. 그는 그 신발을 보좌 위에 올려놓고 마치 친히 형을 대하는 것처럼 조석으로 절하며 예를 갖춰 인사를 올렸다. 그리고 때때로 사신을 보내어 형이 귀국하여 왕위에 오를 것을 간청했다. 그러나 두 형은 부왕이 명령한 14년이 되기 전에는 움직이려 하지 않았다.

드디어 14년이란 세월이 지나자 동생은 형을 정중하게 모셨다. 왕궁에 초청된 형은 자기가 신던 신발을 자기와 같이 깍듯이 받들고 있는 동생의 극진한 마음에 감동했다.

동생은 다시 형에게 간청했다.

"귀국하셔서 왕위에 오르십시오. 그것이 질서요, 예의입니다."

"이미 부왕께서 네게 물려준 왕위이므로 내가 그 자리에 오를 수는 없다."

"형님은 태자입니다. 태자가 부왕의 뒤를 잇는 것은 너무나 당연한 일입니다."

형제는 왕위를 서로 양보하다 결국 형이 왕위에 오르게 됐다.

형제의 우애는 더욱 두터워 그 교화가 온 나라에 널리 퍼졌다. 그들이 보여준 충효의 도는 국민의 본보기가 되었다.

너무나도 감동적인 이야기다. 무어라 덧붙일 것인가.

정산종사*는 「형제의 도」에서 '형제는 부모의 기운을 받아나서 한 기운으로 자라난지라, 형이 아우를 아끼고 아우가 형을 공경함은 천륜의 자연한 순서이다.'라 하였다.

❀ 정산종사(鼎山宗師 1900~1962)

정산종사는 경북 성주에서 태어나 구도를하다 스승을 찾아 전라도에 와 소태산 대종사를 만나 그의 수제자가 되었다. 소태산 대종사 열반 후에는 종통을 계승하여 원불교 종법사가 되어 원불교를 이끌며 각종 교서를 편찬하고 「원광대학교」를 설립하는 등 원불교의 기초를 확립하였다. 그의 이름은 송규(宋奎)이며 정산은 법호, 종사는 존칭이다.

## 제2장

# 식은 밥 한 덩어리에
# 맺힌 원한

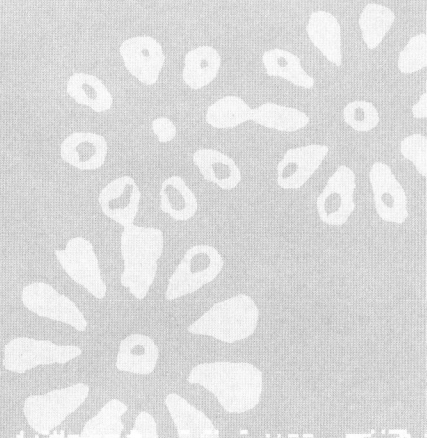

# 부잣집 아기의 운명

어느 가난한 부부가 그들의 대를 이을 아들을 낳았다. 그러나 아기에게 먹일 것이 없어 굶겨 죽일 것 같아 서로 의논하여 사람이 많이 다니는 큰길에 내다 버리기로 했다. 아기는 부모가 저를 버리는 줄도 모르고 방실거리며 천진난만하게 웃었다.

그날은 마침 나라의 큰 명절이었다. 잘 사는 집이든 못 사는 집이든 그날만은 흥겨운 춤과 노래로 유쾌하게 지내는 관습이 있었다. 축제 광경을 보고 한 도사는 말했다.

"기쁘다. 순결하고 진실한 사람들의 축제, 오늘같이 좋은 날 아이를 얻으면 그 아이는 장차 나라의 좋은 재목이 되리라.”

시끄러운 음악과 웃음소리에도 도사의 말을 듣고 빙그레 웃는 큰 부자가 있었다. 하인들을 시켜 혹시 길거리에 버려진 갓난아기가 있는지 찾아보도록 했다.

수소문 결과 버려진 아이가 있었는데 노파가 주워 갔다는 사실을 알았다. 그들은 노파를 찾아가 부탁했다.

“재산은 많으나 아기가 없는 부자가 있는데, 할머니께서 고생스럽게 키우는 것보다 부잣집에서 아이가 자라면 장래에 훌륭한 사람이 될 것입니다.”

큰 부자는 노파가 원하는 만큼의 돈을 주고 아이를 데려다 소중하게 키웠다.

그런데 얼마 후 아예 포기하고 있던 아내가 임신을 했다.

큰 부자는 장차 태어날 아이를 생각하며 주워온 아이를 한밤중에 몰래 누더기에 싸서 남의 집 헛간에 버렸다. 마침 그곳은 염소우리 옆이었는데 신기하게도 염소들이 매일 그 아이에게 젖꼭지를 물리는 것이었다. 염소 치는 사람이 그 이상한 광경을 보고 아이를 안아다가 염소젖으로 키웠다. 이를 소문으로 들은 큰 부자는 자신의 죄를 뉘우치고 다시 아이를 데려다 길렀다. 달이 차서 큰 부자의 아내는 건강한 사내아이를 낳았다. 아이가 하루하루 건강하게 자라자 큰 부자는 아이를 바라보며 기쁨에 젖었다.

“저 아이는 분명히 위대하게 될 것이야.”

큰 부자는 늘그막에 얻은 아들에게 모든 희망을 걸었다.

이렇게 자기 자식에게 푹 빠지게 되자 또다시 주워온 아이가 귀찮아져 아이를 다시 갖다 버렸다.

다음 날 아침 많은 상인들이 수레를 이끌고 길을 가고 있었다. 그런데 무슨 일인지 수레를 끌던 소가 더 가지 않고 멈추는 것이었다. 이상하게 여긴 상인이 주위를 살펴보니 귀엽게 생긴 아이가 누더기 포대에 싸여 버려져 있었다. 놀란 상인이 아이를 가엾게 여기고 수레로 데려오자 그때서야 소들이 다시 힘차게 수레를 끌었다.

어느 고을을 지나가다가 일행은 허기를 채우려고 잠시 쉬게 되었다. 그때 한 노파가 상인에게 오더니 아이를 보고 부탁을 했다.

"저는 혼자 사는 노파이온데 이 아이를 제가 데려가 키우고 싶습니다. 그리 큰 부자는 아니지만 궁핍하지도 않아 이 아이 하나쯤은 키울 수 있답니다. 아이를 저에게 주십시오. 은혜는 잊지 않겠습니다."

상인은 노파가 인자하게 보여 그 아이를 주었다. 이 사실은 입과 입을 통해 큰 부자의 귀에 들어가게 되었다.

'아이를 내다버릴 때마다 양이나 소가 아이를 보호해 주고 또 인자한 사람들이 아이를 데려다 키우겠다고 하니 그 아이는 분명 보통 아이가 아니다. 그런데 나는 하늘이 내려주신 귀한 아이를 몇 번씩이나 배반하다니….'

이렇게 깊이 반성한 큰 부자는 아이를 다시 데리고 왔으나 아이가 자기를 두 번이나 버린 사실을 알고 보복을 하지 않을까 두려움에 떨며 나날을 보냈다.

그러던 중 어느 날 대장장이의 손을 빌어 아이를 아무도 모르게 죽이기로 계획을 세웠다.

"아주 오래 전에 이 아이를 주워서 길렀는데 그 후로 집안이 편한 날이 없었소. 우환이 끊이지 않고 재산도 줄고, 가축들도 시름시름 앓더니 하나씩 죽어갔소. 이상히 여겨 점쟁이에게 물어보니 주워다 키운 아이 때문이라고 하오. 내 아이를 보낼 테니 즉시 불 속에 넣어 주시오. 그 대가로 많은 금은보화를 드리겠소."

큰 부자는 아이를 불러 대장간에 가서 연장을 사오라고 심부름을 시켰다. 아이가 심부름을 가는 도중에 동생이 아이들과 싸우고 있는 광경을 보게 되었다. 동생은 형을 보자 기뻐하며 도움을 청했다. 형은 동생을 대신 대장간에 보내고 동네 아이들을 혼내 주었다. 형과 동생의 운명은 이렇게 해서 바뀌고 말았다. 아무 것도 모르는 대장장이는 동생을 불 속에 던져버렸다. 이 사실을 알고 놀란 큰 부자는 화병에 걸려 몸져누웠다.

하루는 청년이 된 아이를 불렀다.

"농장에 가서 감독을 하거라. 내 이렇게 누워 있으니 걱정이다. 그리고 이 편지를 감독에게 갖다 주어라."

그 편지 내용은 주워온 아들을 또 죽여 달라는 것이었다.

아들은 아무런 사실도 모르고 힘차게 말을 달려 농장으로 향하던 중 아버지 친구 집에 들러 하룻밤을 묵었다. 그 집에는 호기심 많은 딸이 하나 있었는데 청년의 허리에 묶인 큰 부자의 편지 내용이 궁금해서 어쩔 줄을 몰랐다. 그래서 청년이 잠든 틈을 타 편지 내용을 읽어보고는 소스라치게 놀라 편지를 찢어버렸다. 그리고는 딸은 떨리는 가슴을 진정시키고 편지 내용을 다시 고쳐 썼다.

"나는 늙고 병들어서 아무것도 할 수 없는 몸이 되었소. 언제 죽을지 모르는 목숨이오. 나에게 둘도 없는 친한 친구가 있는데 그에게는 내 아들과 잘 어울릴만한 딸이 있으니 감독이 알아서 그 둘을 맺어 주도록 하오. 그리고 농장을 내 아들 부부가 잘 다스리도록 보살펴주시오. 내 마지막으로 다시 한 번 간곡하게 부탁하니 나를 대신하여 내 아들 내외를 보살펴 주도록 하시오."

감쪽같이 편지를 봉하여 잠든 청년의 허리에 살짝 꽂았다.

다음날 아침 아무 것도 모르는 청년은 농장으로 가 감독에게 편지를 주었다. 편지를 받아든 농장 감독은 기뻐하며 하인을 시켜 큰 부자 친구의 딸을 데리고 오도록 명령하고 청년의 혼인 잔치준비를 하면서 주인어른 분부대로 하겠다는 내용의 편지를 큰 부자의 집으로 보냈다.

사람이 살다가 나쁜 길로 빠지고, 또한 가정에 풀리지 않는 재앙이 계속 밀려올 때 그 고품의 원인을 돌아보아야 한다.

고의 원인은 무엇인가. 고의 원인은 욕심이다. 욕심은 집착을 낳고 집착은 번뇌를 낳고 번뇌는 고통의 아픔을 낳는다.

집착에서 벗어나 순리를 따르는 길이 고를 벗어나 낙으로 가는 길이다.

《금강경》에 육여시六如是의 비유가 있다.

세상은 꿈과 같다

세상은 허깨비 같다

세상은 물거품 같다

세상은 그림자와 같다

세상은 이슬과 같다

세상은 번갯불과 같다


'내가 던진 화살이 돌아와 내 몸에 꽂히듯 마음의 화살도 이와 같다.'

남을 향해 쏜 화살이 자기를 상처 입히는 무서운 독소가 되는 것이 인과이다. 인과는 부메랑이다.

# 세상에서 제일 불행한 여인

옛날 인도의 한 마을에 바라문*이 살고 있었다. 그 바라문에게는 목소리가 고울 뿐만 아니라 갸름한 얼굴에 코와 눈이 알맞게 자리 잡힌 예쁜 외동딸이 있었다. 웃으면 콧잔등까지 예쁜 미소가 조롱조롱 맺히는 상큼한 매력을 지닌 딸이었다.

바라문은 이 외동딸을 금이야 옥이야 귀하게 길러 이웃 마을에 있는 바라문 가문의 아들에게 시집을 보냈다.

이웃 마을로 시집간 바라문의 딸은 행복한 나날을 보냈다. 신랑은 오로지 아내만을 사랑했으며, 시아버지와 시어머니도 며느리를 아껴주었다.

🌑 바라문(婆羅門)

인도에는 4성(四姓)의 계급이 있다. 승려의 계급인 브라만, 왕족과
군인 계급인 크샤트리아, 상공업에 종사하는 계급인 바이샤, 농업,
도살업 등 천한 직업을 가진 계급인 수드라 등이다. 바라문은 인도
의 4성 중 가장 높은 승려의 계급으로 바라문교 전권을 장악하여
왕보다 윗자리에 있으며 신의 후예라 자칭하며 정권의 배심(陪審)을
한다. 그들의 생활에는 범행(梵行), 가주(家住), 임서(林棲), 유행(遊行)의
네 시기가 있다. 어렸을 때는 부모 밑에 있다가, 좀 자라면 집을 떠
나 스승을 모시고 베다를 학습하며, 장년에 이르면 다시 집으로 돌
아와 결혼하고 살다가, 늙으면 집안 살림을 아들에게 맡기고 산속
으로 들어가 고행수도한 뒤에 사방으로 다니면서 세상일을 초탈하
여 남들이 주는 시물(施物)로 생활한다.


이 세상에 부러울 게 없는 꿈결 같은 세월이었다. 그런 가운데 바
라문의 딸은 떡두꺼비 같은 아들을 낳았고, 몇 년이 지나자 또다시
아이를 갖게 되었다. 그러니 집안에서는 웃음꽃이 끊이지 않았다.
바라문의 딸은 '임금님도 나보다는 더 행복하지 않겠지'라는 생각을
하며 살았다.

그런데 이게 무슨 날벼락이란 말인가.

바라문의 딸이 둘째 아이를 가졌을 때, 시어머니가 병석에 눕더니
그만 돌아가시고 말았다. 엎친 데 덮친 격이랄까, 시어머니의 뒤를
이어 자상하기 그지없던 시아버지마저 세상을 떠나고 말았다.

시부모의 장례식을 치른 며칠 뒤 바라문의 딸은 해산달이 가까워지자 남편과 함께 친정집으로 가게 되었다.

친정집으로 가는 길은 험한 산길인지라 군데군데 나뭇가지가 걸리고 바닥이 패이고 돌이 솟고 게다가 굽이굽이 개울물이 흐르는 데를 지났다. 산길을 벗어나니까 인적이 없는 강기슭이 나왔는데, 이때 갑작스레 바라문의 딸은 산기를 느끼게 되었다.

남편과 함께 인가를 찾아보았지만 도저히 찾을 수 없어 그만 강기슭에서 아기를 낳고 말았다.

아이를 낳을 때는 해가 서산으로 뉘엿뉘엿 질 무렵이었다. 출산한 지 얼마 되지 않은데다 해마저 저물어 강을 건너갈 수 없게 되었다. 그래서 부부는 강기슭에 있는 커다란 느티나무 아래에서 피곤한 심신을 달래게 되었다.

다음날 아침.

바라문의 딸은 으스스한 찬 기운을 느끼며 잠에서 깨어났다. 강을 건너기 위해 옆에 누워 있는 남편을 흔들어 깨웠지만 남편은 이미 싸늘한 시체로 변해 있었다. 발목이 까맣게 된 것으로 보아 독사에게 물려 죽은 것이다.

바라문의 딸은 큰소리로 울부짖다가 그만 정신을 잃고 말았다.

얼마나 시간이 흘렀을까. 아이들 울음소리에 바라문의 딸은 다시 눈을 떴다. 하지만 출산 후의 아픔과 독사에 물려 죽은 남편 생각에 몸을 움직일 수가 없었다.

망연자실, 누워만 있던 바라문의 딸은 남편의 주검을 묻기 위해서라도 한시바삐 강 건너 친정집으로 가야만 했다.

그녀는 큰 아이를 등에 업고 갓난아이는 품에 안고, 한 걸음 한 걸음 있는 힘을 다해 강가에 도착하였다. 그런데 그녀의 힘으로는 두 아이를 데리고 강을 건널 수 없었다. 생각 끝에 그녀는 큰 아이는 내려놓고 먼저 갓난아이를 안고 강을 건너가서 잔디밭에 누이고 다시 강을 건너와 큰 아이를 데려가기로 작정했다.

그래서 먼저 갓난아이를 안고 강을 건너갔다. 잔디밭에 갓난아이를 눕혀놓고 나서 강 저쪽을 보니까 아니 이게 무슨 일이란 말인가?

큰 아이가 엄마를 보고 아장아장 강물 속으로 걸어 들어오고 있는 것이 아닌가!

그녀는 놀란 나머지 큰소리로 외쳐댔다.

"아가야, 오지 마! 아가야, 오지 마!"

그녀의 외침 소리를 어서 빨리 오라고나 한 줄 알고, 아가는 자꾸 자꾸 깊은 강물 속으로 들어왔다. 그러더니 그만 세찬 물살에 휩쓸려 저 아래로 떠내려가고 말았다.

"아이고, 우리 아가야! …아가야!"

부리나케 강을 건너와 울부짖고 뒹굴어 보았지만 떠내려 간 큰 아들은 돌아올 수 없었다. 그러다가 문득 저쪽 강가 잔디밭에 누인 갓난아이가 생각나 강 건너를 보았다.

아니, 이건 또 무슨 끔찍한 일이란 말인가! 수십 마리나 되는 늑대 떼가 몰려들어 갓난아이에게 차마 눈뜨고 못 볼 짓을 하고 있는 것이 아닌가.

"아이고, 어머니! 우리 아기! 우리 아기! …"

그녀는 거의 정신을 잃을 지경이었다. 허겁지겁 그녀는 다시 강을 건너갔으나 갓난아이를 뼈 한 조각까지 다 없앤 늑대 떼들은 입맛을 다시며 저 멀리 사라진 뒤였다.

바라문의 딸은 그대로 정신을 잃고 말았다. 다음날 낮에서야 정신이 깨어난 그녀의 눈에서는 쉼 없이 눈물만 흘러내렸다. 남편과 두 아이들을 따라 죽지 않고 자기 혼자만 살아 있다는 것이 한탄스러웠다.

그녀는 독사가 다시 와서 남편처럼 자기 발도 물어주기를 바라며 풀숲에 계속 누워 있었다. 그러나 하루 낮, 하루 밤이 지나가도 새끼 독사 한 마리도 나타나지 않았다.

그 때, 문득 그녀는 친정 부모가 보고 싶어졌다. 그래서 걷다 기다 하면서 겨우겨우 고향 마을에 당도했다. 그런데 친정집은 불타 버리고 그 잔재만 남아 있었다. 다시금 그녀는 대성통곡을 하였다. 이웃 사람이 들려 준 말에 의하면 갑작스레 불이 나서 가족 전부가 불에 타서 죽었다는 것이다. 그녀는 또 기절을 하고 말았다.

얼마나 지났을까. 이마에 찬 물수건이 닿는 느낌에 그녀는 눈을 떴다. 어떤 사내가 그녀를 보살펴 주고 있었다. 갈 곳이 없는 처지가 된 그녀는 그 사내와 함께 살게 되었다.

그런데 그 사내는 술만 마셨다 하면 아무런 이유도 없이 바라문의 딸을 마구 때렸다. 손과 발만 사용하는 게 아니라 몽둥이질까지 해대는 바람에 그녀는 만신창이가 되곤 했다.

그녀는 그 사내의 매질을 못 이겨 밤에 도망을 가게 되었다. 이곳 저곳을 정처 없이 떠돌다 보니 거지 신세가 다 되었다. 어느 곳을 지나다 보니 푸른 수풀 속에 거뭇거뭇 보이는 높은 기와집들이 보였다. 그녀는 그 집에 가서 하룻밤 신세를 지자고 했다. 그런데 그 집의 나이 많은 주인이 그녀의 미모를 아깝게 여겨 후처로 들어앉혔다.

거지 신세에서 하루 아침에 부잣집 후처가 된 바라문의 딸은 잘 입고 잘 먹으며 즐겁게 지냈다. 불행은 끝나고 이제는 사람답게 사는가 싶었다.

누가 알았으랴! 그 나이 많은 남편은 얼마 가지 않아 갑자기 세상을 떠나고 말았다. 엎친 데 덮친다고, 그 고을에서는 남편이 숨을 거두면 부인도 함께 땅에 묻는 풍습이 있었다. 이른바 순장殉葬이라는 것이다.

따라서 바라문의 딸은 죽은 남편과 함께 땅에 묻힐 날만 기다리게 되었다. 그러나 그녀는 험한 꼴을 많이 당했기 때문에 죽는다는 것이 조금도 두렵지 않았다.

마침내 남편의 주검과 함께 땅에 묻히는 날이 되었다. 남편의 관옆에 그녀의 관이 놓이고 그 위에 자꾸자꾸 흙이 쌓여갔다. 숨결이 가빠지면서 정신이 희미해져갔다. 서서히 죽어가고 있는 것이었다.

그런데 이게 웬일인가. 그녀는 다시 한 번 죽기 직전에 소생하게 되었다. 부잣집 무덤에 묻힌 물건을 훔쳐내는 도둑의 손에 의해 살아나게 된 것이다. 그 도둑은 살아있는 바라문의 딸을 보더니 이렇게 외쳤다.

"이게 웬 떡이냐! 아니, 웬 꽃 같은 색시냐! 부잣집 물건도 얻고 예쁜 색시도 얻게 되다니! 난 참으로 복이 많은 사내야, 훗흐흐!"

도둑은 바라문의 딸을 자기 소굴로 데려가서 자기 여자로 삼았다. 그녀는 도둑이 훔쳐온 음식과 돈으로 참기 힘든 삶을 영위하며 살았다.

처음에는 도둑의 처로 살아가는 게 치욕스러웠으나, 도둑이 구해주지 않았다면 이미 오래 전에 무덤 속에서 싸늘한 시체로 굳어져 있었을 것을 생각하니 살아있다는 게 좋게도 느껴졌다. 한 마디로 도둑의 처로 길들여져 가고 있었다.

그렇게 몇 년을 지냈을까.

어느 해 한 여름, 한낮의 뙤약볕 속에 도둑은 패거리들과 함께 큰 고을을 털러 갔다.

그런데 그 고을에서는 이미 도둑떼가 올 줄 알고 만반의 대비를 하고 있었다. 그날 도둑 남편은 포졸들에게 붙잡혀 백사장에서 목이 잘려 죽게 되었다.

그녀는 먼발치에서 그 광경을 보았다. 그 뭐라고 형언할 수 없는 슬픔이랄까, 아픔 같은 것이 송두리째 그녀의 가슴을 움켜잡는 것 같은 전율에 휩싸였다.

'아, 내 팔자는 도둑과도 살 수 없는 기구한 팔자구나! 이 세상에서 나보다 더 불행한 여인은 없을 것이다!'

그 날부터 바라문의 딸은 다시 정처 없는 방랑의 길을 떠나게 되었다. 그렇게 몇 년을 흘러다니다가 그녀는 도가 높은 스님을 만나게 되었다. 그 스님은 바라문의 딸을 데리고 깊은 산속으로 떠났다.

그녀는 쉴 새 없이 손으로 이마의 땀을 씻어가며 스님의 뒤를 부지런히 따랐으나 한참을 가다 보면 어느새 스님을 잃어버리곤 했다. 그녀는 몇 번이나 가시덤불에 얼굴이 긁히고, 돌부리에 채여 무릎이 깨지며 '스님…, 스님!' 하고 불렀다. 그럴 때마다 스님은 혼잣말로 뭐라 중얼거리며 그녀를 기다려 주었으나, 그녀가 가까이 가면 또 아무 말도 없이 그냥 휙 돌아서서 걸음을 옮겨 놓았다.

그렇게 하루 종일 걸어, 밤중도 훨씬 넘어 조각달이 수풀 사이로 비쳐들 무렵, 산봉우리 근처에 자리한 암자에 당도했다. 그 암자에서는 머리가 하얗게 세고 키가 작달막한 노스님이 미소 띤 얼굴로 그녀를 맞아 주었다. 그 노스님은 당대에 최고로 도가 높은 스님이었다. 그녀는 그 노스님 밑에서 뼈를 깎고 살을 가는 정진 끝에 깨달음을 얻게 되었다.

그녀는 삼생三生을 꿰뚫어보는 마음의 눈이 열리게 됨으로써, 자기의 전생을 알게 되었다.

자기의 전생을 알게 된 그녀는 한참 동안이나 손끝 하나 까딱하지 못하며 두 다리와 아래턱을 덜덜덜 떨고 있을 뿐이었다. 그런 그녀를 쳐다보는 노스님의 두 눈은 쏘아보듯이 빛나고 있었다.

바라문의 딸의 전생은 이러했다.

그녀는 전생에도 어느 부잣집 아들과 결혼했는데, 자식을 낳지 못했다.

그러자 그녀의 남편은 후처를 얻게 되었으며, 그 후처가 아들을 낳자 그녀는 시기와 질투로 인해 눈이 뒤집혔다. 남편의 사랑은 이미 후처에게만 쏠렸으며, 앞으로 그 많은 재산마저 후처의 아들에게 돌아갈 것을 생각하니 그녀는 잠이 오지 않았다.

그녀는 후처의 아들을 죽이기 위해 잠든 아이의 정수리에 실바늘을 꽂아 버렸다. 그 날부터 후처의 아들은 실바늘이 핏줄을 타고 돌아 젖도 먹지 못하고 잠도 자지 못하고 계속 울어대다가 결국 죽고 말았다.

그러자 시부모, 남편, 후처와 친척들은 본처를 의심하고 추궁하기 시작했다. 그러자 그녀는 큰소리로 이렇게 외쳤다.

"나는 내가 낳은 아이처럼 후처의 아들을 사랑했어요. 그런데 내가 어떻게 했다고요? 그렇다면 저 하늘로부터 큰 벌을 받을 것입니다. 만일 다음 생이 있어 내가 결혼을 한다면 내 남편은 독사에게 물려 죽을 것이며, 내 자식은 물에 빠져 죽거나 늑대 떼에게 뜯어 먹힐 것이며, 내 부모는 불에 타서 죽을 것이며, 내가 만나는 남자마다 비명횡사할 것입니다."

이렇듯이 극도의 말로 변명을 함으로써 그녀는 전생에서 가족 친지들의 의심과 추궁을 벗어날 수 있었던 것이다. 그녀는 한 번 죽음으로써 삶이 끝나는 것이 아니라 전생, 현생, 내생으로 끊임없이 이어지는 게 삶인 것을 뒤늦게 깨달았던 것이다.


《현우인연경賢愚因緣經》에 나와 있는 인과설화다. 《현우인연경》은 송나라 문제文帝 때 혜각, 담학, 위덕 등 8인이 우뎐국于闐國에 가서 큰절에서 여러 법사들의 경經·론論을 강의하는 것을 듣고 돌아와 들은 바를 모두 모아 엮은 것이다.

성현과 범부의 인연사적을 말하여 악한 일은 그치고 선한 일을 행하도록 권하여 불교를 믿는 기회와 인연을 지은 경이다.

자기가 한 번 지은 업은 당대뿐만 아니라 영생을 두고 몸을 바꾸어 가면서 받게 됨을 말한다.

# 소로 태어난 노파

석가모니 부처님 재세시在世時의 일이다. 하루는 왕사성 밖에서 괴사怪事가 발생했다. 태어난 지 일 년도 안 된 암송아지의 뿔에 치어 어떤 상인이 죽은 것이었다.

사람을 죽인 송아지를 기를 수는 없는 일이었다. 송아지 주인은 그 송아지를 팔아 버리려고 내놓게 되었다. 그러나 누구도 선뜻 사겠다고 나서는 사람이 없었다.

그런데 한 장사꾼이 와서 싼값으로 팔면 사겠다는 말을 하는 것이었다. 소 주인은 이때다 싶어 주는 대로 돈을 받고 팔아 버렸다.

송아지를 사서 끌고 가던 장사꾼은 마침 목이 말라서 송아지를 길가에 매어놓고 우물가로 갔다. 그가 물을 마시려는 찰나에 송아지가 갑자기 비호같이 달려와서 새로 소를 사가던 사람마저 뿔로 받아 죽여버리고 말았다. 그의 권속들이 그 송아지를 잡아 죽인 다음 가죽을 벗기고 사지를 잘라서 팔게 되었다. 그러나 고기를 사가는 사람은 있었으나 소머리를 사겠다는 사람은 없었다. 그런데 마침 한 상인이 지나가다가 그 소머리를 역시 헐값에 팔면 사겠다는 말을 하는 것이었다.

소머리를 산 상인은 새끼줄로 그것을 얽어서 등에 지고 가다가 피곤하여 소머리를 나뭇가지에 걸어 놓고는 그 밑에 앉아 잠시 쉬고 있었다. 이때 나뭇가지에 묶어 놓은 새끼줄이 풀리면서 소머리가 떨어져 쉬고 있던 사람의 머리를 치니 그는 그만 뇌진탕을 일으켜 그 자리에서 즉사하고 말았다.

결국 송아지 한 마리가 사람의 목숨을 셋씩이나 빼앗은 셈이었다. 일대 괴사가 아닐 수 없었다. 나라의 임금도 이를 괴이한 일이라 여겨 의문을 풀어보려고 세존께 행차하게 되었다.

"세존이시여. 들건대 성중에서 송아지 한 마리가 세 사람의 목숨을 앗아간 괴사가 발생하였는데 이는 어찌된 영문입니까?"

세존께서는 말씀하셨다.

"그 송아지와 세 상인에 대한 과거사를 알고 나면 쉽게 의문이 풀리실 것입니다."

세존께서 들려주신 그들의 전생담은 다음과 같은 것이었다.

송아지에 받쳐죽은 세 사람의 상인은 전생에 3인이 한패가 되어 시골로 돌아다니며 장사를 하던 장돌뱅이들이었다. 그러나 그들은 마음이 불한당 같은 사람들이었다.

어느 날 그들은 장사를 다니다가 날이 저물었을 때 여관을 찾아도 없고 주막도 없고 하여 한 노파의 집에 가서 사정 이야기를 하며 하룻밤 재워 달라고 부탁을 하였다.

"하룻밤만 재워 주시면 후한 사례를 할 터이니 허락해 주십시오."

노파는 집도 좁고 누추함을 핑계로 거절하였지만, 사정도 딱하고 또 내심으로 푼돈이나 만져볼 욕심으로 그들을 묵게 해 주었다. 노파는 그들을 위하여 침구도 마련하고 먹을 음식도 구해다 정성껏 대접하였다. 그들은 식사를 잘 대접받고 잠도 편하게 자게 되었다.

그런데 다음날 아침이 되자 돈을 내기 싫어진 그들은 노파가 잠시 자리를 비운 틈을 타서 뺑소니를 치고 말았다. 이에 분을 참지 못한 노파가 기를 쓰고 뒤따라가 그들의 행방을 찾아낸 다음 따지고 들었다.

"숙식비를 내고 가시오. 남의 집에서 잠자고 밥까지 먹고 나서 인사도 없이 그냥 가는 법이 어디에 있단 말이오!"

하지만 그들은 숙식비를 주기는커녕 오히려 큰소리를 치기 시작했다.

"이 노파가 망령이 들었나, 우리가 떠나 올 때 노파가 불쌍하기에 후하게 대우하여 한 사람에 열 냥씩 거두어 내고 깍듯이 인사말까지 하고 왔는데, 무슨 돈을 내라는 것이오!"

노파는 기가 막혔다.

"이 날강도 놈아. 언제 너희들이 나에게 돈을 주었단 말이냐? 30냥은 고사하고 서푼도 받은 적이 없다."

노파는 외로운 처지라 어떻게 할 도리가 없어 돌아오면서 치밀어 오르는 분을 이기지 못해 그들을 저주했다.

"내가 지금은 너희 놈들을 어떻게 할 수 없지만 다음 생에는 반드시 이 원한을 풀고 말 것이다. 축생이 되어서라도 너희 놈들을 꼭 모두 죽이고 말 것이다."

세존께서 다시 말씀하셨다.

"그때 그 노파가 바로 오늘 저 암소입니다. 소한테 떠받쳐 죽은 세 사람은 숙식비를 떼먹고 달아난 그때의 장사치들입니다."


《법구비유경》에 나오는 내용이다.

원한 맺힌 저주가 얼마나 끔찍한 결과를 초래하는가를 생각케 한다. 따라서 인과를 아는 사람이라면 함부로 상대방을 대하지 않는다. 몸과 입과 마음을 늘 조심하여 죄짓는 일에 주의하고 남의 마음 상할 일을 두려워한다.

자신도 모르게 현생에서 받고 있는 업보를 어떻게 하여야 하는가. 이 죄업을 멸滅할 수 있는 방법은 진참회眞懺悔하고 선업을 맹세하며 실행하는 길 이외에는 없다.

모든 업을 녹이는 용광로는 참회의 한 생각, 참회의 말 한 마디, 참회의 한 걸음 등 모든 것이 참회와 선업으로 이어지는 것이다.

# 배도와 배탁의 관상

중국 당나라 때 배휴裵休라는 유명한 정승
이 있었다. 그는 쌍둥이로 태어났다. 그것도 등이 맞붙은 기형아로
태어났다.

부모는 칼로 등을 잘라 살이 많이 붙은 아이를 형으로, 살이 적게
붙은 아이를 동생으로 삼았다. 부모는 형과 동생의 이름을 '도度'자
로 짓되, 형의 이름은 '법도 도度'로 하고 동생은 '헤아릴 탁度'이라고
불렀다.

어려서 부모를 여읜 배도와 배탁은 외삼촌에게 몸을 의탁하고 있
었다. 어느 날 일행선사一行禪師라는 밀교의 고승이 집으로 찾아와서

그들 형제를 유심히 바라보더니 외삼촌과 이야기를 나누었다.

"저 아이들은 누구입니까?"

"저의 생질들인데 부모가 일찍 죽어 제가 키우고 있습니다."

"저 아이들을 내보내십시오."

"왜요?"

"저 아이들의 관상을 보아하니 앞은 거지상이오 뒤는 거적대기상입니다. 워낙 복이 없어 거지가 되지 않을 수 없고, 그냥 놓아두면 저 아이들로 말미암아 이웃이 가난해집니다. 그리고 저 아이들이 얻어먹는 신세가 되려면 이 집부터 망해야 하니, 애당초 그렇게 되기 전에 내보내십시오."

"그렇지만 부모가 없는 아이들을 어떻게 내보냅니까?"

"사람은 자기의 복대로 살아야 하는 법! 이 집안이 망한다면 저 애들의 업은 더욱 깊어질 것이오."

방문 밖에서 외삼촌과 일행선사의 대화를 엿들은 배도는 선사가 돌아간 뒤 외삼촌께 말하였다.

"외삼촌, 저희 형제는 이 집을 떠나려고 합니다. 허락하여 주십시오."

"가다니? 도대체 어디로 가겠다는 말이냐?"

"아까 일행선사님과 나누는 말씀을 들었습니다. 우리 형제가 빌어먹을 팔자라면 일찍 빌어먹을 일이지, 외삼촌 집안까지 망하게 할 수는 없는 일 아닙니까? 떠나겠습니다. 허락하여 주십시오."

자꾸만 만류하는 외삼촌을 뿌리치고 배탁과 함께 집을 나온 배도는 거지가 되어 하루하루를 구걸하며 살았다. 어느 날 형제는 머리를 맞대고 상의하였다.

"우리가 이렇게 산다면, 일찍 돌아가신 부모님의 혼령도 편안하지 못할 것이다. 산으로 들어가 숯이나 구워 팔면서 공부도 하고 무술도 익히자."

둘은 산 속으로 들어가 숯을 구우며 틈틈이 글을 읽기도 하고 검술도 익혔다. 그리고 넉넉하게 구워 남은 숯들은 다발다발 묶어서 단정한 글씨로 쓴 편지와 함께 집집마다 나누어 주었다.

"이 숯은 저희들이 정성 들여 구운 것입니다. 부담 갖지 마시고 마음 편히 쓰십시오."

하루 이틀, 한 달 두 달……. 이렇게 꾸준히 숯을 보시하자 처음에는 의아하게 생각하던 마을 사람들도 감사하게 생각하였고, 마침내 숯이 도착할 시간이면 '양식에 보태라'며 쌀을 대문 밖에 내어놓기까지 하였다. 그러나 그들 형제는 먹을 만큼 이상의 양식은 절대로 가져 가지 않았다.

"이만하면 충분합니다. 감사합니다."

마침내 두 형제에 대한 소문은 온 마을로 퍼져 나갔다. 그 소문을 듣고 찾아온 외삼촌이,

"잠깐만이라도 좋으니 집으로 가자."고 간청하였다. 그들이 집에 이르자 때마침 일행선사도 오셨는데, 배도*를 보더니 깜짝 놀라는 것이었다.

"애야, 너 정승이 되겠구나."

❀ 배도(裵度)

중국 하남성 사람으로 감찰어사(監察御使)로 있을 때 규봉종밀(圭峰宗密) 선사에게 귀의하여 불교를 배웠다. 그는 절도사, 관찰사, 이부상서, 태자소사(太子小師) 등의 벼슬을 지낸 대문장가, 학자이며 정치군사에도 능통하였으며 지조가 견고했고 도량이 넓어 존경을 받았다. 불교에 정통하여 말년에는 오로지 불교적인 생활을 하여 하동(河東) 대사로 불리웠다. 배도는 장성한 다음 이름을 배휴(裵休)라 지어 불렀다.


"스님, 언제는 저희 형제더러 빌어먹겠다고 하시더니, 오늘은 어찌 정승이 되겠다고 하십니까? 거짓말 마시오."

"전날에는 너의 얼굴에 거지 팔자가 가득 붙었는데, 오늘은 정승의 심상(心相)이 보이는구나. 그 동안 무슨 일을 하였느냐?"

배도와 배탁이 그 동안의 일을 자세히 말씀드리자 일행선사는 무릎을 치면서 기뻐하셨다.

"그러면 그렇지! 너희들의 마음가짐이 거지 팔자를 정승 팔자로 바꾸어 놓았구나."

그 후 정말로 배도는 정승이 되었고, 동생 배탁은 대장군의 벼슬을 마다하고 황하의 뱃사공이 되어 오가는 사람을 건네주며 고매하게 살았다고 한다.

사주팔자를 보는데 과거의 숙명을 보는 것과 다른 하나는 운명을 피해서 개선해 나가는 개운改運의 법이 있다.

사주는 타고 났으나 다른 사주와 만나면 흉복凶福이 바뀔 수 있다는 것이 개운법 사주다. 업을 짓는 육신과 의지意志는 몸身과 입口과 뜻意의 활동으로 짓는 삼업三業을 어떻게 짓느냐에 따라서 길吉한 사주, 흉凶한 사주로 변한다. 배도와 배탁 형제는 타고난 흉한 사주를 길한 사주로 바꾼 개운사주이다. 과거와는 달리 밝은 시대인 오늘날은 숙명론보다 개척론이 지배하는 시대라 한다.

소태산 대종사는 제자들에게

"너희들은 절대로 관상도 보러가지 말며 사주도 보러가지 말라. 수도만 잘해서 마음만 잘 쓰면 사주팔자를 고치게 되는 것이다."라고 하였다.

사람의 나이가 30이 넘으면 자신의 얼굴에 책임을 질줄 알아야 한다고 한다.

현재의 나의 얼굴, 그리고 나의 심상心相은?

사람에게 있어서 중요한 것은 관상보다 심상이라고 하지 않았던가?

# 단명할 관상이 장수할 관상으로

옛날에 관상*을 잘 보는 스님이 친구의 아들을 상좌로 데리고 있었다. 단명할 상이라, 스님을 만나면 오래 살수 있지 않을까 하여 보내왔던 아이였다.

어느 날 상좌의 관상을 보던 스님은 깜짝 놀랐다. 1주일 안에 상좌가 죽을 상이었기 때문이다. 스님은 친구의 어린 아들이 절에서 죽으면 친구 내외가 너무 섭섭해 할 것 같고, 다만 며칠이라도 부모 옆에서 같이 지내게 해주는 것이 좋으리라 생각하여 상좌에게 말하였다.

"집에 가서 삼베옷도 만들고 무명옷도 한 벌 만들고 버선도 짓고

110

하여, 한 열흘 다녀오너라."

그 동안 집에 가서 부모님도 만나고 부모 앞에서 죽으라는 것이
었다. 그런데 상좌는 열흘이 지난 뒤에 옷도 만들고 버선도 짓고 스
님 잡수시라고 떡까지 해가지고 아무 일 없이 돌아왔다. 돌아온 상
좌의 얼굴을 보고 스님은 이상하게 생각하였다.

얼굴이 본래 단명할 상에다 최근에 상이 아주 나빠져서 꼭 죽는
줄 알았는데, 그 나쁜 기운이 완전히 사라졌을 뿐 아니라 앞으로 장

수할 상으로 변하여 있었던 것이다.

틀림없이 사연이 있을 것이라고 생각한 스님은 상좌에게 자초지종을 물었고, 상좌는 다음과 같은 사실을 아뢰었다.

"집으로 가는 길에 작은 개울을 건너가게 되었는데, 수천 마리 개미떼가 새까맣게 붙어 있는 큰 나무껍질이 흙탕물에 떠내려 오고 있었습니다. 조금만 더 가면 작은 폭포가 있고 그 아래 소용돌이가 치고 있어 모두가 물에 빠져 죽을 상황이었습니다. 순간 스님께서 '죽을 목숨을 살려주어야 불자로서의 도리를 다하는 것이고 복을 받는다'고 하신 말씀이 생각나서 얼른 옷을 벗어 나무껍질과 개미들을 감싸서 마른 언덕에 놓아주었습니다."

스님은 그 말을 듣고 무릎을 탁 쳤다. 그리고 상좌의 등을 두드리며 말했다.

"그러면 그렇지! 개미떼를 살려준 공덕으로 장수하게 되었고 부처님의 법을 잘 공부하게 되었구나. 모두 불보살의 가피력이시다. 나무 관세음보살 마하살."

7일 뒤에 죽을 상좌의 생명은 이러한 방생의 공덕으로 70년으로 연장되었다.


참으로 자신을 사랑하는 사람은 살생을 하지 않는 것에 그치지 않고 뭇 생명을 살리는 자비를 행한다. 사람의 목숨이나 짐승의 목숨이 근원에 있어서는 같다. 그러나 인간 중심의 사고는 뭇 생명을 도구화하기 쉽다. 사람이 인간 중심의 사랑에만 그치지 않고, 생명

본위의 사랑이 내면에 있어 행하기에 만물의 영장이라고 하는 것이다.

부처님은 '사람이 백 년 동안 오래 살면서 천하의 귀신을 부지런히 섬기며 코끼리와 소와 양으로 제사지낸다 해도 한 번 자비를 베푼 것만 못하네.'라고 하셨다.

# 황희가 영의정에 오른 까닭

　　방촌 황희* 정승이 출세하기 전의 일이다.
한 점쟁이가 황희더러 앞으로 벼슬이 좌의정에 이를 것이고 칠순에
천수를 다하리라고 하였다. 그런데 황희는 뒤에 영의정에 올라 18년
간이나 최고의 영록을 누렸고, 치사致仕한 후 아흔을 바라보고 있을
때였다. 어느 날 그 점쟁이가 찾아와 고개를 갸웃거리며 물었다.
　　"제가 사람을 수없이 점쳐 왔으나 백에 하나도 틀림이 없었는데,
대감마님께서 영험이 없으니 그는 반드시 대감께서 음덕陰德을 쌓으
신 까닭입니다."
　　황정승은 전혀 그런 일이 없다고 거듭 부인하였다.

황희(黃喜1363~1452)

고려 공민왕때 태어나 27세때 문과에 급제하여 이듬해 성균학관이
되었다. 이조에 들어와 47세때 부터 태종의 극진한 예우를 받고 내
외의 요직에 있으면서 문물과 제도의 정비에 노력하여 많은 업적을
남겼다. 세종(세종13년)은 그를 영의정으로 삼아 국정을 위임한 이래
86세(세종31년)까지 정치에 힘쓰다 은퇴하였다. 황희는 평소에 관후
인자하고 청백리로서 귀감이 되었다.


점쟁이가 한동안 반복해서 묻다가 간절히 조르며 '제발 숨기지 마
소서'하니 그제서야 다만 이런 일이 있을 뿐이라며 운을 떼었다.

"내가 음덕을 쌓은 일은 절대로 없네. 다만 귀한 물건을 주워서 주
인을 찾아 준 일이 있었네."

"그게 무슨 물건이었습니까?"

점쟁이가 궁금해 안달하며 재촉했다.

"소시에 내가 서울 시장 문을 걸어 나가는데 웬 물건이 길에 떨어
져 있지 않겠나. 주워보니 뜻밖에도 한 쌍의 금잔이었네. 기이하게
생긴 모양이 보통 물건이 아니었네. 그래서 서울 문에다 아무 날 아
무 시간에 물건을 잃은 사람은 아무의 집으로 오라는 내용의 방을
붙여 놓았다네. 그랬더니 뒷날 한 사람이 찾아와서 금잔을 잃었다고
말하기에 바로 금잔을 내어 주었다네. 그러자 그 사람이 절하고 고
맙다면서 천만다행이라며 좋아했네."

"뭐라 말이 있었을 텐데요?"

점쟁이가 끼어들었다.

"음, 그랬지. 그 사람 말이 '이 금잔은 어공소御供所 소유로 궁중에 한 쌍밖에 없는 귀한 것이라 다른 그릇과는 각별합니다. 아침 저녁으로 수라 올릴 때 한 잔씩 바꿔가며 사용하는데, 마침 내시를 통하여 몰래 가져다가 사위 맞는 잔치에 잠시 사용하고 반납하러 가다가 그만 길에서 분실한 것입니다. 만약 다른 사람이 주웠던들 어찌 내어줄 리가 있겠습니까? 귀한 것을 몰래 사용한 죄도 죽어 마땅한데 분실까지 하였으니 연좌되어 30여 명이나 죽게 되었을 것인데 지금 이러한 은덕을 입으니 어찌 저 한 사람에 그치겠습니까?' 하더군. 그리고 물러가서는 이튿날 준마를 가져왔기에 역시 받지 않았을 뿐인데 이것이 어찌 음덕이 되겠는가?"

점쟁이는 크게 감탄하였다.

"그것이 음덕이 아니고 무엇이겠습니까? 영상의 영록을 오래도록 누리시고 이렇게 장수하시는 것은 반드시 그 까닭입니다."

점쟁이가 수다스럽게 한 말을 황정승은 대수롭지 않게 들어 넘겼다.

한편, 뒤에 황 정승이 금잔을 분실하였던 사람을 찾아갔는데 그 사람은 이미 죽고 그 아들이 이렇게 말하였다고 한다.

"부친께서 생존해 계실 적에 매일 첫 새벽에 일어나 절하며 황 정승께서 영의정에 오르시고 아흔까지 장수하시라고 기도하셨습니다. 그렇게 평생을 게을리 하지 않으시다가 돌아가시기에 이르러서야 그쳤습니다."

황정승은 그의 말을 듣고 가만히 고개를 끄덕였다.

황 정승이 젊은 시절에는 이런 일도 있었다.

길을 가다가 어떤 농부가 두 마리 소로 밭을 가는 것을 보고 '어느 소가 더 열심히 일하느냐?'고 물었다. 농부는 귀엣말로 '누렁소가 더 열심히 일한다'고 말했다. 황희가 '어째서 귀엣말로 하느냐?'고 물으니,

"비록 짐승일지라도 사람의 마음과 다를 바 없으니 어찌 질투하지 않겠는가."

라고 대답하였다. 이는 소를 인격시한 측면의 이야기다.

황정승은 그 후 귀천을 가리지 않고 인자함으로 대하여 말 한마디 한 행동이 모두가 음덕陰悳 : 남이 모르는 덕행이 되어 쌓였다.

# 식은 밥 한 덩어리에 맺힌 원한

변산 월명암은 예로부터 수도도량으로 유명하여 큰 스님들이 많이 수도한 곳이다.

월명암에서 수도하여 도를 깨친 대사 한 분이 절 뜰 앞에 서 있었다. 그 때 큰 멧돼지 한 마리가 절 아래에서 정신없이 달려왔다. 월명암으로 들어온 멧돼지는 어디로 갈 줄 모르고 헤매고 있었다. 불쌍히 여긴 대사가 월명암 마루 밑 문을 열고 들어가도록 한 후 상좌에게 시원한 냉수 한 그릇을 떠오도록 하였다.

조금 있으니 총을 든 포수가 숨을 헐떡거리며 달려와 대사에게 물었다.

"스님, 멧돼지 못 봤습니까? 내가 멧돼지를 잡으려고 따라오다가 월명암 근처에서 놓쳐버렸습니다."

"본 것도 같고 안 본 것도 같습니다. 그러나 당신이 비지땀을 흘리며 숨을 몰아쉬는 것을 보니 멧돼지를 잡기 전에 먼저 죽게 생겼소. 여기 시원한 냉수나 한 그릇 드시오."

목이 마른 포수는 대사가 주는 냉수 한 그릇을 벌컥벌컥 마셨다.

"멧돼지는 다 잡게 되어있으니 멧돼지를 잡기 전에 내 이야기나 한 번 들어보시오."

"사냥을 하는 사람에게 무슨 이야기를 한다는 것입니까. 멧돼지 간 길이나 일러 주십시오."

"이 쪽으로 간 것도 같고 저 쪽으로 간 것도 같으니 알아서 가시오."

"그런 말이 어디 있습니까. 빨리 이야기 하시고 알려주십시오."

대사는 이야기를 시작하였다.


"예로부터 변산에는 명당이 많기로 소문이 나 지관들이 많이 찾아다녔습니다. 하루는 지관* 한 사람이 명당을 찾아 변산 산중을 다니다가 길을 잃었습니다. 한참을 헤매다가 겨우 벌초하는 사람을 만날 수 있었습니다. 지친 몸을 쉬다가 보니 묘지 옆 소나무에 도시락이 매달려 있는 것이 보였습니다. 산속을 헤매느라 몇 끼니를 굶은 지관은 시장기가 더욱 발동하였습니다. 지관은 벌초하는 사람이 도시락 먹기만을 기다렸습니다. 벌초가 끝난 그 사람은 옆에 사람이 있어도 본 체도 하지 않았습니다. 먹어보란 말도 않고 혼자만 먹기 시작하였습니다. 이제나 저제나 기다려 보았지만 본 체도 하지 않았고 이제 도시락은 얼마 남지 않았습니다. 지관은,

'이보시오. 내가 산중에서 길을 잃고 헤매느라 몇 끼니를 굶어서 기갈飢渴 : 굶주림이 자심하오. 밥 한 수저라도 내게 요기를 하게 해주오.'

그러나 벌초하던 사람은,

'도시락이 몇 개라도 모자랄 지경인데 남 줄 밥이 어디 있습니까?'

라며 다 먹어버렸습니다. 기갈이 극심했던 지관은 원한을 가득 품고 그 자리에서 죽어버렸습니다.

❀ 지관(地官)

풍수지리설에 따라 집터나 묘지의 좋고 나쁨을 가려내는 사람으로 풍수 또는 풍수가라고도 한다. 우리나라에서는 신라 말의 도선(道詵) 국사를 대표적인 풍수로 꼽는다. 그는 고려 태조 왕건의 아버지 왕륭에게 개성에 왕기가 서린다고 예언하고 집터를 선정하여 주었다. 고려에서는 서운관(書雲觀)에 지리학교를 두어서 궁전 건립과 능묘(陵墓)의 선정을 주관하였다. 조선시대에도 관상감(觀象監)에 지리학 교수와 지리학 훈도를 두어 학교의 과목으로 지정하였다. 민간에서도 연구가 활발하여 많은 풍수가가 나왔다.

그 사람은,

'죽으려면 다른 곳에서 죽을 일이지 하필 남의 묘지에서 죽어. 별

재수 없는 꼴을 다 보겠네.'

라며 작대기로 지관의 시신을 한쪽으로 치워버렸습니다.

원한을 가득 품고 죽은 지관은 결국 독사로 태어났습니다. 벌초하던 사람은 해마다 그 묘지에 와서 벌초를 했습니다. 몇 해가 지난 어느 날, 벌초를 하고 도시락을 먹은 후 가까이에 있는 옹달샘에 가서 물을 먹으려는 순간 독사가 그만 입을 물어 버렸습니다. 독이 온몸에 퍼져도 어찌할 방도가 없어 그 자리에서 죽으며,

'남의 머슴 사는 놈이 벌초를 한다고 산중까지 와 물 좀 먹는데, 네가 나에게 어떤 원수가 있어서 입을 물어 죽게 해.'

하면서 원한을 품었습니다.

독사에게 물려 죽은 사람은 멧돼지의 몸을 받아 태어났습니다. 몇 해가 지니자 변산 산중에 멧돼지 한 마리가 나타나 뱀이라는 뱀은 다 잡아먹고 다녔습니다. 멧돼지에게 잡혀 먹힌 독사는 다시 사람으로 태어나 포수가 되었습니다. 그런데 포수는 다른 짐승은 잡지 않고 멧돼지만 보면 다잡아 씨를 말리려고 했답니다."

대사에게 이런 이야기를 들은 포수는 눈물을 죽 흘렸다.

"그 이야기가 바로 제 이야기만 같습니다."

"바로 당신 이야기입니다. 멧돼지를 잡고 나면, 멧돼지는 다시 당신을 잡기 위해 무엇으로 태어날지 모르니 어찌하렵니까?"

"어찌하면 좋겠습니까?"

"원망을 다 놓아버리고 갚을 자리에 참아버리면 되니 총부터 버리시오."

포수는 총을 주춧돌에 던져 두 동강을 내었다.

"멧돼지는 이 마루 밑에 있습니다. 어찌하렵니까?"

"잡지 않으렵니다."

포수는 '식은 밥 한 덩어리가 원한이 되어 이렇게 원한이 끊이지 않는구나' 하는 깨달음이 생겨 머리를 깎고 대사의 상좌가 되었다.

수도에 정진한 포수는 마침내 인과의 이치를 깨달았다. 그래서 월명암에는 인과의 이치를 깨달은 큰 대사 두 명이 나왔다고 전해오고 있다.


변산 포수 이야기와 유사한 내용이 강원도 철원군 보개산 석대암의 연기 설화로도 전해오고 있다. 석대암의 연기설화가 설화의 원형일지도 모른다. 설화라는 것은 고정된 것이 아니고 시대와 장소에 따라 변화를 가지며 구전되기 때문이다.

소태산 대종사의 한 제자가 어떤 사람에게 봉변을 당하고 분을 이기지 못하고 있었다. 이를 본 소태산 대종사가 말씀하였다.

"네가 갚을 차례에 참아 버려라. 그러면 그 업이 끊어지려니와 네가 지금 갚고 보면 저 사람이 다시 갚을 것이요. 이와 같이 서로 갚기를 쉬지 아니하면 그 상극의 업이 끊일 날이 없으리라."

남이 지은 죄와 복을 내가 대신 받을 수도 없고, 내가 지은 죄복을 남이 대신 받아갈 수 없는 것이 인과의 이치이다. 그 업에서 벗어나고자 한다면 갚을 자리에 참아버리는 방법 외에 또 다른 길이 있을까?

# 구수미에 사는 최일양대의 환생

영광굴비*로 유명한 법성포 건너편 해변가
구수미나루 터는 법성포를 내왕하는 작은 나루터다. 이 나루터에는
한 이백년 전에 최일양대라는 여자가 살고 있었다. 그녀는 남편도
없이 홀로 객주집을 경영하였으나, 살림이 매우 풍족하였다.

그런데 이 일양대는 항상 무슨 일을 힘써 하였느냐 하면 오고 가
는 행인들의 감발(발감개)과 버선을 빨아주고 기워주기, 때 묻은 의
복을 빨아주고 구멍 난 의복 기워주기, 발 벗은 행인에게 신 사주기,
집도 없고 처자도 없이 돌아다니는 못난 불쌍한 사람들을 보면 데
려다가 목욕시키고 옷을 지어 입히고 음식을 먹여 잘 쉬어가도록 하

기, 무의무탁한 노인과 자력 없는 불쌍한 어린아이들에게 음식과 의복을 주어 보호하기 등의 일을 자기의 일생 사업으로 알고 이 세상 떠날 때까지 게을리 하지 않았다.

❀ 굴비의 유래

조기는 머리에 돌이 있다(2개) 해서 석두어(石頭魚)라고 하며, 석수어(石秀魚), 굴비(屈非) 등 여러 가지로 불리운다. 굴비라고 이름한데는 고려 인종(仁宗)때 이자겸과 관련이 있다. 이자겸은 자신의 둘째딸을 예종의 비(妃)로 보내고 예종이 죽자 자기 외손자인 인종(仁宗)을 옹립하였다. 그 후 셋째 딸과 넷째 딸을 다시 인종에게 바쳐 권력을 잡은 후 1126년 척준경과 함께 왕위를 넘보다 척준경의 배신으로 뜻을 이루지 못하고 역적이 되어 영광에서 귀양살이를 하고 있었다. 그는 영광 법성에서 나는 조기를 진공(進貢)하면서 귀양살이는 하지만 결코 비굴(非屈)하게 살지는 않는다는 뜻을 담아 비굴의 글씨를 바꿔 써서 굴비(屈非)라 하여 올렸다.

영광에서 올라 온 굴비를 처음 먹어 본 인종은,

"영광굴비는 과연 별미로다. 매년 진상토록 하라."

고 분부를 내려서 그때부터 영광에서 생산되는 조기를 굴비라고 하였다.

최일양대는 산간 걸승이 동냥을 오면 공경히 대접하고 동냥도 후히 주며, 혹 노자도 주고 의복 음식 등도 공양하였다.

그런데 하루는 험하게 생긴 스님 한 사람이 와서 동냥을 달라 하는데 일양대는 조금도 불쾌한 생각이 없이 그 스님을 흔연히 맞아 목욕을 하도록 하고 새 의복을 해 입히고 음식을 공양하고 새 신과 노자까지 주었다.

그런데 스님이 떠나면서 노자를 받지 아니하고 사양하며 도리어 음식값과 옷값을 내며 받기를 청하였다. 일양대는 깜짝 놀라며 말했다.

"제가 스님께 돈을 받자고 공양한 것이 아니거늘 이는 저의 정성이 부족하여 스님께서 그러시는 듯 하오니 마음이 불안합니다."

그 말을 들은 스님은 묵묵하더니,

"무명색한 중에게 이렇게 후대하니 대단히 감사합니다."

는 한 마디 말로 작별을 한 후에 길을 떠나니, 일양대는 문 밖을 나서 전송을 하러 동리 산모퉁이까지 갔다. 그 스님은 일양대를 돌아보며,

"너는 이생에 아무 상 없는 보시로 적선積善 : 선한일을 많이 쌓음을 많이 하였으니 그 공덕으로 다생을 통하여 선도에 환생하여 무한한 복락을 수용하리라."

라고 말한 후 인홀불견人忽不見 : 갑자기 사라져 볼 수가 없다는 뜻이 되었다.

이 일이 있은 후 몇 해를 지나 일양대는 재산을 전부 마을에 희사하면서,

"나의 생전 뜻과 같이 남을 이롭게 하는 공중사업에 써 달라."

는 유언 한마디를 부탁하고 섭섭하게도 황천객이 되었다.

동리 사람들은 주인 없는 일양대를 불쌍히 여겨 그 시체를 동리 산모퉁이 따뜻한 곳에 묻어 성분하고 해마다 벌초를 하며 제사를 정성으로 지내왔다.

　그 후 어언간 사십여 년의 세월이 흘러 일양대란 이름도 차차 세상 사람의 기억에 사라지고 다만 몇 짐의 흙무덤 하나만 고독하게 남게 되었다.

　그런데 그 때 이상하게도 이 허물어져 가는 무덤을 다시 찾는 사람이 있었다. 그는 다른 사람이 아니라 당시 영광군수의 정실부인이었다.

　그가 이 무덤을 찾게 된 이유가 있었다. 군수의 부인은 뱃속에서부터 왼손 주먹을 쥐고 나와 펴지 못하여 사십여 세가 되도록 장애인같이 쥐고 다녔는데 남편이 영광군수로 임명되어 영광에 부임해 온 이후 의외로 그 쥐었던 주먹이 펴졌던 것이다.

　그런데 참 이상하게도 펴진 손바닥에는 '전세에 구수미 살던 최일양대'라고 정자로 분명히 새겨져 있었던 것이다. 그래서 그것을 본 군수 내외는 하도 괴이하여 곧바로 사람을 시켜 '구수미에 최일양대란 사람이 살았던 적이 있느냐'고 알아보니 약 사십여 년 전에 살다 죽은 사실이 분명하였다. 군수 부인은 자기의 전신임을 확실히 깨닫고 바로 군수 내외가 동행하여 구수미를 찾아와서 묵어가는 일양대의 무덤을 파헤치고 보니 옛날 자기 얼굴과 살은 어디가고 백골만 말없이 대하는지라. 군수 부인은 시름없이 흐르는 눈물을 뿌리면서 자기 전신 백골을 마디마디 만져본 후 그 자리에 다시 분묘를 크게 짓고 돌아가서 묘답을 더 장만하여 영원히 제사를 지내도록 하였다. 그래서 그 부탁을 받은 마을 사람들은 대대로 일양대의 이야기를 전하면서 벌초도 잘하고 제사도 지내왔다.

그러나 오랜 세월이 흐름에 따라 자연히 묘답도 없어지고 근래에 와서는 제사는 지내지 않으나 일 년에 몇 번이든 풀만 자라면 누구나 나서서 벌초를 하고 있다.

지금도 최일양대의 묘는 영광 법성포 건너편 구수미 나룻터 뒷산에 자리잡고 있다. 그러나 일양대 묘가 있는곳이 골프장 조성부지로 편입되어 앞으로 어떻게 변할지 모를 일이다.

전생에 천한 일을 하던 일양대가 남에게 적선을 많이 한 공덕으로 후생에 귀하게 되어 안락하게 된 것이다.

사람들은 사실적인 인과 이야기를 들을 때 그저 좋은 이야기쯤으로 생각하고 사실로 믿지 않는 경우가 있다. 그러나 이 세상에 태어난 만물은 생로병사를 피할 수 없듯이 좋든 싫든 인과 윤회의 수레바퀴는 피해서 살아갈 수 없다.

좋은 업을 짓든 나쁜 업을 짓든 본인에게 달려 있지만 복을 받고 재앙을 당하는 것은 자기 마음대로 할 수 없으며 인연을 만나면 에새싹 돋듯 자연적으로 돌아오는 것이 인과의 이치이다.

# 네 명의 아내

　　어느 곳에 네 명의 아내를 거느린 사람이
있었다. 첫째 부인은 가장 사랑하는 여자였다. 언제나 같이 있고 싶
고 한시도 떨어지기 싫었기에 매일 함께 목욕하고 머리를 곱게 빗겨
주었다. 그리고 추울 때나 더울 때나 신경을 써주고, 먹고 싶다거나
입고 싶다고 하는 것이 있으면 즉시 사 주었다.

　　둘째 부인은 대단히 애를 써서 얻은 여자였다. 그래서 남과 심하
게 다투기까지 했지만 그저 다정한 말만 하는 사이였다.

　　셋째 부인은 가끔 만나서 서로 사랑도 하고 이런저런 말을 그냥
주고받는 사이였다. 계속 함께 있으면 곧 싫증이 났지만 떨어져 있

으면 보고 싶어지는 그런 사이였다.

넷째 부인은 아내라기보다 하녀였다. 모든 어려운 일은 도맡아서 혼자 다하였다. 그러나 사랑도 받지 못하고 따뜻한 말 한마디 듣지 못했다. 남편이 무시하는 아내였다.

어느 날 남편은 고향을 떠나 먼 외국으로 가야 할 처지에 놓이자 첫째 부인을 불러서 동의를 구했다.

"곧 외국으로 가야만 하오. 나하고 같이 갑시다."

"저는 당신과 함께 갈 수가 없습니다."

"무슨 말이오? 나는 누구보다도 당신을 제일 사랑하지 않았소. 언제나 당신이 하자는 대로 했고 당신의 비위를 맞추기 위해 얼마나 내가 애를 썼소? 그런데 무슨 말이오? 같이 갈 수가 없다니!"

"하지만 아무리 저를 아껴 주어도 함께 갈 수는 없어요."

남편은 기막힌 심정이 되어 둘째 부인을 불렀다.

"당신은 당연히 나랑 함께 가겠지?"

"저도 갈 수 없습니다."

"아니, 당신도 무슨 말이오? 내가 당신을 맞이하기 위해서 얼마나 고생을 했소. 추위에 떨고 더위에 시달리고, 굶주림도 참고 목마름도 견디며, 위험 속에도 굴하지 않았고, 심지어는 당신 때문에 친구와 싸우기까지 했소. 그런데 이제 와서 무슨 말이오?"

"그 모든 것은 당신이 원해서 한 것이지 제가 원했던 것은 아닙니다. 당신을 따라 외국에서 고생할 이유는 없잖습니까?"

남편은 아내의 무정함을 탓하면서 셋째 부인을 불렀다.

"저는 당신의 은혜를 입었으니 성 밖까지는 배웅해 드리지요. 그러나 외국에 같이 가지는 않겠습니다."

남편은 마지막으로 남은 아내를 불러 의향을 물었다.

"저는 부모 곁을 떠나서 당신을 모시고 있는 몸입니다. 괴롭거나 즐겁거나 죽을 위험에 처하더라도 당신의 곁을 떠나지 않고 당신 곁에 있겠습니다. 당신을 따라 아무리 먼 곳이라도 가겠습니다."

그 남자는 평소에 사랑하던 세 명의 아내를 데리고 가지 못하고 할 수 없이 마음에도 없던 넷째 부인을 데리고 떠났다.

이 이야기는 《잡보장경雜寶藏經*》에 있는 내용이다.

🏵 잡보장경(雜寶藏經)

왕자(王子)가 자기의 살을 베어 부모들을 구제한 121건의 인연을 들어서 사람들에게 복 짓는 것과 계문을 지키도록 권한 내용의 경이다.

이야기 속에는 깊은 비유가 들어 있다. 지금 있는 곳을 떠나 외국으로 간다는 것은 곧 죽음을 뜻한다. 죽음을 앞두고 한 인간이 진지하게 평소에 자신의 둘레에 있던 모든 것에 질문을 한다.

먼저 첫째 부인으로 비유되는 인간의 '육체'에게 물었다. 사람이라면 누구도 자신의 몸을 끔찍하게 위하나 죽음을 넘어 같이 갈 수는 없다.

그 다음 둘째 부인의 비유는 현생에 가지고 있던 '재산'이다. 아무리 고생을 하여 모은 것이지만 저승까지 어떻게 가져갈 수 있겠는가.

셋째 부인으로 비유되는 '친구와 친척들'도 그렇다. 살아 있을 때는 서로 아끼며 끊을 수 없는 존재이고, 우리가 죽는다면 누구보다 슬퍼하며 관이 묻히는 것을 바라본다. 그러나 우리가 땅에 묻히고 나면 울음을 그치고 각자 집으로 돌아간다.

넷째 아내는 인간의 '마음'에 비유한다. 사람들은 자신의 마음을 곧게 지키려 하지 않고 방심하여 탐욕과 노여움에 마음을 떨어뜨린다.

즉, 마음을 어떻게 쓰느냐에 따라 우리는 나락으로 떨어져 고통을 받기도 한다. 정도를 지켜 마음을 바로 쓰고 악을 행하지 않으면 행복을 찾을 수 있고 열반의 도를 얻는다.

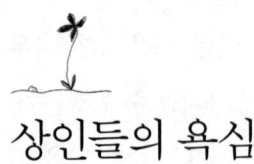

# 상인들의 욕심

부처님이 기원정사祇園精舍*에서 중생들에게 두 상인에 대하여 말씀하셨다.

사막을 지나던 상인이 길을 잃고 헤매고 있었다. 물도 다 떨어지고 갈 길을 몰라서 헤매던 중에 커다란 나무를 발견했다. 상인이 나무 그늘에 앉아서 쉬고 있는데, 가만히 나뭇가지를 보니 나뭇잎이 너무 파릇파릇 하여 상인은 생각했다.

'이 나무는 물이 통하나 보다. 동쪽으로 뻗은 가지를 끊으면 물을 얻을 수 있지 않을까.'

그래서 동쪽 나뭇가지를 꺾으니 진짜 물이 나왔다. 그 나무는 본래 신령스런 나무였다. 또 다시 서쪽 가지를 꺾으니 먹을 수 있는 음식이 되었다. 이번에는 다른 가지를 꺾어 보았더니 보물이 되었다. 상인은 나무의 신령스러움에 감사를 드리며 돌아왔다.

✿ 기원정사(祈園精舍)

중인도 사위성에서 남쪽으로 1마일 떨어진 기수급고독원에 지은절, 부처님과 스님들이 설법하고 수도하기 위하여 수달장자가 지어 기증하였다. 7층의 가람으로 대단하였다고 하나 중국 당나라 현장호裝이 이곳을 순례하던 때는 이미 황폐화 되었다고 전한다.

한편 다른 상인이 같은 광야에서 헤매다가 먼저 상인이 발견했던 바로 그 나무를 보게 되었다. 그 상인 역시 나뭇가지를 꺾어서 물과 음식, 그리고 보물을 얻게 되었다. 그러나 그 상인은 욕심이 생겨서 나무의 뿌리까지 뽑으려 했다. 나무를 통째로 가져가려고 했던 것이다. 그러자 나무의 신령은 노하여 그 상인을 죽여 버렸다고 한다.

《자타카*》에 있는 이야기다.

✿ 자타카

《본생경(本生經)》을 말한다. 부처님(석존)이 전생에 보살이었던 시대에 중생을 구제한 선행을 모은 이야기를 말한다. 부처님께서 전생에 국왕, 바라문교 승려, 상인, 여인, 여러 가지 동물 등의 형체를 빌어 많은 선업과 공덕을 행한 설화를 모아 기록한 내용이다.

어떤 상인이 부처님이 계신 기원정사에 와서 큰 보시를 하자 부처님께서 들려주신 이야기이다. 《자타카》에서는 현재에 관련된 전생의 이야기가 꼭 따르는데, 여기서는 같은 상황에서 전생에서는 욕심을 줄여서 살았고 현생에서는 욕심때문에 죽었다는 이야기가 전개되고 있다.

역사뿐만 아니라 인간사의 상황도 반복되는데 그에 대처하는 인간들의 선택 때문에 결과는 전혀 다르게 나타난다.

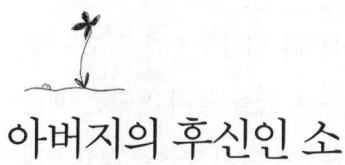

# 아버지의 후신인 소

중국 상해에 있는 큰 공원 한 편에 까만 소 한 마리가 서 있는데 많은 사람들이 신기한 듯 쳐다보고 있었다.

그런데 소 앞에 세워진 게시판에는 신기한 글이 적혀 있다.

'지나가는 남녀노소 여러분들이여, 이 소의 배를 보시오.'

하면서 장광설長廣舌을 늘어놓았는데 그 내용은 이러하였다.

상해 근처에 큰 부자가 한 사람 있었다. 그 사람은 어떤 이유 때문에 죽마고우인 왕중주王中主에게 자신의 재산을 관리해 주도록 부탁하고 상당한 대우를 해 주었다.

그리고 왕중주에게 등기서류 뿐만 아니라 인감도장까지 모두 맡겼다. 그런데 왕중주가 친구의 은혜로운 부탁을 등지고 모든 재산을 가로챘던 것이다. 하늘처럼 믿었던 친구가 자기 재산을 교묘하게 사취詐取한 것을 알게 된 부자는 분한 마음을 이길 수 없었지만 어찌할 도리가 없었다.

재산을 다 빼앗기고 거지가 되다시피 한 그는 조금 남은 패물을 팔아 시골에 내려가서 농사를 짓게 되었고, 암소를 한 마리 사서 논과 밭을 갈았다. 몇 해가 지나자 암소가 새끼를 낳았는데, 그 새끼 배에 글씨가 몇 자 새겨진 흔적이 있었다.

자세히 보니 자기를 배신했던 철천지 원수 왕중주의 이름 석 자가 아닌가! 이상한 생각이 들어 알아본 결과, 왕중주가 얼마 전에 죽었다는 사실을 알게 되었다. 원한으로 가득 차 있던 그는 생각했다.

"그 원수가 죄 값을 하려고 내 집에 태어난 것이구나. 이놈! 잘 만났다. 사람이 죽으려면 3년 전부터 환장한다는 말은 있다만, 너처럼 환장한 놈은 일찍이 보지 못하였다. 네가 죽어 이제 빚을 갚으러 온 모양이다만 송아지로 내 집에 태어난 것만으로 나의 분하고 원통한 빚을 다 갚는다고 생각하면 큰 잘못이다. 이제부터 네놈에게 원수를 갚을 터이니 견뎌 보아라."

이렇게 다짐을 한 그는 아주 모질고 기이한 방법을 생각해내었다. 그는 왕중주의 후신인 송아지를 가두어 놓고 끼니때마다 먹을 것을 주었다. 그러나 밤중이 되면 촛불을 밝혀 놓고 시퍼렇게 간 칼을 들고 우리 안으로 들어가는 것이었다. 그리고 송아지 목에 큰 칼을 들이 대고는 살기를 띤 음성으로 속삭였다.

"네 이놈! 왕중주, 이 나쁜 놈! 사람의 탈을 쓰고 어찌 그런 짓을 할 수 있었더냐? 네놈이 이리와 같은 놈이었으니 그런 짓을 했겠지. 이 놈아! 지금 당장은 내 너를 죽이지 않는다. 조금 더 키워서 잡되 그것도 단번에 죽이지 않을 것이다. 네 놈이 보는 앞에서 숯불을 피우고 시퍼렇게 칼을 갈아 하루에 살 한 점씩만 베어낸 다음, 네 놈이 보는 앞에서 구워 술안주로 삼을 것이다. 네 이놈! 단단히 들어두어라."

그는 이 일을 매일같이 계속하였다. 그러자 왕중주의 이름이 새겨진 송아지는 비쩍 마르기만 할 뿐 자라지를 못하는 것이었다.

그렇게 한동안을 지내고 있는데, 하루는 왕중주 아들이 느닷없이 찾아와서 넙죽 엎드려 사죄를 하는 것이었다.

"어르신네. 제발 널리 용서해 주시옵고 우리 아버지만 살려 주십시오. 재산을 돌려드림은 물론 영감님 뜻대로 하겠습니다. 부디 아버지만 살려 주십시오."

아들은 수없이 절을 하면서 간청하였다.

"나는 지금 꼭 돈만 가지고 그러는 것이 아니다. 너의 아버지 소행이 너무나 괘씸하여 분함을 참을 수 없어서 그러는 것이다. 그러나 저러나 너는 어찌 된 일이냐? 어떻게 이 사연을 알게 되었느냐?"

"저희 선친이 어르신네의 은공을 저버리고 갈취한 것을 저도 어느 정도 짐작을 했사오나 자세히는 모르고 지냈습니다. 그런데 여러 달 전부터 어머니와 저의 꿈에 자주 나타나시어 그 동안 지은 죄를 자세히 말씀하셨습니다. 그리고 어르신네의 소로 태어나 죄 값을 갚으려 하지만, 그 죄가 워낙 크기 때문에 소의 몸을 버리고 나더라도 다시 무서운 지옥으로 떨어져야 한다고 하셨습니다. 뿐만 아니라 지금 당장 괴로움도 괴로움이거니와 재산을 어서 돌려 드려야만 당신의 죄를 벗을 수 있다고 하셨습니다. 선친이 살아 생전에 자세한 내용을 말씀하지 않으신 것은 당신의 떳떳하지 못한 행동을 가족들이 아는 것을 부끄러워했기 때문이었고, 저희들이 그 내용을 알면 떳떳한 마음으로 세상을 살 수 없을 것이라는 생각에서였다는 것입니다. 그리고 어르신네께서 계신 곳을 꿈속에서 알려주셨습니다. 이제 저희가 모든 재산문서를 이렇게 가지고 와서 사죄를 드리오니, 널리 용서하시옵소서. 부디 이것을 거두어 주시고 저희 아버지를 돌려주시기만 하면, 그 은혜 백 번 죽어도 잊지 않을 것이옵니다.”

그는 지극 정성으로 간청하는 아들의 효심에 감동하여 재산을 되돌려 받고 송아지를 내어 주었다.

왕중주의 아들은 아버지의 후신인 송아지를 데리고 가서 음식도 잘 대접하고 각별히 보살폈다. 그리고 다 자란 다음에는 공원에다 좋은 우리를 지어놓고 아침저녁으로 정성껏 여물을 쑤어 대접하면서, 오고가는 만천하의 사람들이 이 소를 보고 경각심을 일으켜 인과를 믿고 선행을 닦으라는 뜻으로 사연을 쓴 안내판을 만들어 놓았던 것이다.

이 이야기는 이혜명 스님이라는 분이 일제시대 때 중국의 불교 성지를 두루 참배하고 명승지를 구경할 때 상해에 있는 한 공원에 들렀다가 본 내용이라고 한다.

이야기를 음미하다 보면 인과란 참으로 무서운 것임을 깨닫게 된다. 머리를 하늘로 두고 머리털이 까만 것을 인간이라고 한다. 인간은 은혜를 가장 잘 알고 보은도 하지만 은혜를 헌신짝처럼 버리기도 한다.

무서운 것이 인간이다. 무엇이 참다운 인간의 길인지 깊이 생각해 보아야 한다.


우리 선조들은 소를 생구生口라 불렀다. 식구는 가족이며, 생구는 한집에 사는 하인이나 종을 말한다. 소를 생구라고 한 것은 그 만큼 존중했다는 뜻이다. 농경사회에서는 없어서는 안 될 가축이자 재산의 일부였기 때문이다.


불교에서는 사람의 진면목을 소에 비유하였다. 선禪을 닦아 마음을 수련하는 순서 표시를 소에 비유하여 십우도十牛圖라 했다. 그런 반면 악업을 짓고 그 악업에 의해 소로 환생하는 과보를 받는 인과 설화에 자주 등장한다. 가까이에서 지은 악업이기에 가까이에서 악업을 받는 것이다.

# 배은망덕의 과보

옛날 중국 소주 땅에 돈 많은 장자 시대창 이란 사람이 있었다. 그는 일찍이 불교신자로서 신심이 대단하여 호구산虎丘山에 관음사를 창건하고 다시 관음전 법당을 날아가는 듯이 새로 건축하였다. 그리고 백의관세음보살상*을 조성하여 모시고 관음전 법당을 찬란하게 장엄하여 관음전이란 현판을 조각한 뒤에 금색으로 글자마다 도금하여 높이 달아놓으니 한층 더 운치가 있고 새로웠다.

시대창이 여러 해를 경영하며 이 만큼 절을 지어 놓으니 호구산마저 방광을 놓은 듯 산색이 빛을 더한 것 같았다. 그런 가운데 백의

관세음보살을 조성하여 모셔놓고 보니 백화도량을 꾸며놓은 것 같아서 마음이 흐뭇하였다. 내일 모레면 낙성식을 하게 되었으므로 도량 청소와 경내 정리를 다 마치고 목욕을 한 후 새 옷을 갈아입고 관음전에 들어가서 수없이 예배를 드리고 축원과 맹세를 바쳤다.

백의관세음보살(白衣觀世音菩薩)

백의관음은 〈불상도휘〉에 있는 33 관음보살 중 한 관음으로 대백의(大白衣)·백처관음(白處觀音)이라고도 한다. 항상 흰옷을 입고 흰 연꽃에 앉으신 관세음보살이다. 관세음보살은 자비를 덕으로 삼아 중생이 외로울때 그 이름만 외우면 그 음성을 듣고 곧 구제한다고 한다.

"중생을 위한 구고구난救苦救難을 베풀어주시는 대자대비하신 관세음보살님. 저는 보살님을 한시라도 떨어져 있을 수가 없습니다. 항상 본사 관음대성을 마음속으로 머리 위에 이고 다니겠습니다. 저의 죄를 소멸하여 주시고 복을 이루어 주시는 동시에 무수한 모든 중생도 이 백화도량으로 이끌어 제도케 하여 주시옵소서."

축원을 하고 이 절에 단계화상을 주지로 모셔 절을 옮겼으므로 그 단계스님도 따라 들어가서 관세음보살께 예배하고 꿇어앉아서 시 씨의 소원이 성취되기를 축원하였다.

두 사람이 이렇게 축원을 마치고 법당문을 나오려는데 절 뒤에서 크게 곡하는 소리가 들려왔다. 단계스님과 시대창은 이상하게 여기고 울음소리가 나는 곳을 찾아올라가 보니까 오랫동안 시대창과 헤어져 있던 서당의 동창생인 계한정이 아닌가?

시대창은 깜짝 놀라서 물었다.

"이게 웬일인가. 자네가 어찌하여 이곳에 와서 울고 있는가?"

계한경이 눈물을 흘리며 목 메인 말소리로 대답하였다.

"자네 보기에 면목이 없네. 내가 남에게 진 빚이 많아서 조용한 곳에서 나무에 목을 매어 죽으려고 하였지만, 내가 죽으면 마누라가 불쌍해 견딜 수가 없어서 이러지도 저러지도 못하고 신세타령을 하고 울며 앉아있는 것일세."

이 말을 들은 시대창이 말하였다.

"잘된 일일세. 우리 절에 모신 관세음보살님이 도와주신 걸세. 대관절 빚이 얼마나 되기에 죽으려고 결심까지 하였단 말인가?"

"자그마치 3만 냥일세."

"어쩌다가 그렇게 큰 빚을 졌단 말인가."

"살림이 기울어져서 무슨 장사를 해보려고 남에게 빚을 얻어서 시작한 장사가 번번이 실패만 당하고보니 빚밖에 남은 것이 없게 되어 오늘날 이 지경이 되었다네."

"친구 간에 그런 말을 들으니 나의 가슴이 아프네. 사람 낳고 돈 낳지, 돈부터 낳고 사람 낳겠는가. 나도 지금 산을 사고 절을 짓고 불사를 하느라고 여우가 없으나, 3만 냥 정도는 보아줄 수가 있으니까 갚을 생각일랑 말고 아주 가져가서 빚을 갚고 다시 재개하여 잘 살아보도록 하게."

"참으로 시군은 나의 은인일세. 아무리 우정이라고 하지만 이럴 수가 있는가? 자네 은혜는 각골난망일세."

"아, 별소리를 다 하네. 친구가 좋다는 것이 무엇인가. 이렇게 환난상구患難相求하는 것이 우정의 도리가 아니겠는가?"

"참으로 시군은 군자란 말이야. 내가 죽어도 잊어버릴 수 없는 친구라고 생각하겠네."

이렇게 서로 주고받다가 시대창이 말하였다.

"그런데 이 사람아. 빚만 갚으면 살 것 같이 생각하지만, 당장에 해먹고 살 것이 있어야 하지 않겠는가? 내 과수원을 하나 줄 터이니 실과를 따서 팔아 우선 생활을 하여 보게."

그러므로 계씨는 너무 감격하여 관음사 관음전 법당을 향하고 머리 숙여 절하며 맹세하였다.

"대자대비하신 관세음보살님이시여. 이것이 모두 보살님의 공덕이라고 생각합니다. 시군이 신자가 아니었다면 어찌 이와 같이 너그럽게 친구를 살려 주었겠습니까? 제가 만일 금생에 돈을 갚지 못한다면 우리 식구가 죽어 저 세상의 견마가 되어서라도 갚겠나이다."

그 뒤에 계씨는 시 씨가 준 돈으로 먼저 빚을 다 갚고 과수원을 경영하였다. 그래서 자기 자녀가 3남매인데 큰딸을 시대창의 아들인 시환에게 주어서 성혼을 시키겠다고 자청하여 약속하였다.

그런데 계한경은 시 씨가 준 과수원에서 큰 횡재를 하였다. 하루는 과수원에서 일을 하다가 대추나무 밑에서 토금土金으로 묻혀 있던 벽돌만한 순금덩어리를 얻어서 그것을 팔아 큰 부자가 되었다.

한편 시대창은 어찌된 일인지 실패를 거듭하여 파산케 되었다. 그런데 계한경은 빚돈 3만 냥도 갚지 않고 약혼을 한 딸도 며느리로 주지 않을 뿐 아니라 아예 타지방으로 이사를 하여 떠나가 버렸다.

더구나 계씨는 황금에 욕심이 어두워서 돈을 더 벌려고 낙양 장안에 가서 무역상을 시작하였다. 그러나 그는 협잡꾼에게 속아 재산을 송두리째 털려 버리고 알거지 신세가 되었다.

그는 기가 막혀서 노변路邊에 쓰러져 울다가 잠이 들었는데 꿈속에서 어떤 큰집에 이르러 개구멍으로 기어들어가니 뜻밖에도 시대창이 있는지라. 양심에 찔려서 어찌할 줄을 모르다가 사과인사를 하려는데 시대창이 보고 그를 꾸짖었다.

"이 개가죽을 쓴 친구가 무엇을 또 얻어먹으려고 왔느냐?"

그가 도망쳐서 뒷마당에 들어가서 보니까 두 아들과 아내가 개가 되어 있지 않은가? 그도 깜짝 놀라서 자기 몸을 돌아본즉 이미 개가 되어 있었다. 앞발로 땅을 후벼 파다가 아내에게 물었다.

"이게 대체 어찌된 일이오?" 하였더니 아내가 대답하였다.

"여보, 당신이 호구산 관음사에 계신 관음보살께 맹세한 일을 잊었소. 당신이 마음을 잘못 썼기 때문에 그대로 된 거요. 누구를 원망하겠소."

계씨가 꿈을 깨서 집으로 돌아가 본즉 벌써 두 아들이 죽었고 아내도 병들어 죽으려고 하는데 허공에서 사람의 말소리가 들려 왔다.

"아버지, 우리 집에서 시대창씨의 은혜를 저버렸다고 하여 명부 시왕이 우리들 모자 셋을 개가 되게 하였소. 수캉아지 두 마리는 우리 형제가 되고, 혹이 달린 암캉아지는 어머니요, 아버지도 오래지 않아서 사자에게 붙들려가서 시왕님의 판결을 받고 이 집으로 개가 되어 올 것입니다. 그러나 누나만은 남은 인연이 있기 때문에 개는 되지 않을 것입니다."

그 뒤에 계씨는 화재를 당하여 집이 타버리니 집도 절도 없이 가련한 신세가 되었다. 그는 할 수 없이 딸을 데리고 소주로 가서 시대창의 집을 찾아갔다. 그런데 그간에 시대창은 다시 살림이 일어나서 거부장자가 되어 으리으리하게 살고 있었다. 시 씨의 아들인 환이도 벌써 어떤 대갓집 딸과 결혼하여 살고 있었다. 계씨는 시 씨를 보고 말했다.

"시형을 대할 면목이 없소. 너무나 염치없는 일이지만 먼저 당신 아들인 환이에게 내딸을 데려왔으니 받아주시면 감사하겠소."

그때 환이가 아버지 대신 나서서 말하였다.

"계 선생님. 말 같지 않은 말씀을 하지도 마시오. 사람으로 태어나 달면 삼키고 쓰면 뱉는 것도 분수가 있지 않습니까? 선생이 3만 냥의 빚 때문에 죽게 된 것을 우리 아버지가 갚아주고 더구나 과수원까지 주지 아니 하였소. 선생은 우리 과수원에서 금덩이를 얻어가지고 말 한 마디 없이 타지로 도망가서 장사를 한답시고 낙양 장안으로 왕래하며 호화판으로 잘 살더니 급기야 망하니까 무슨 얼굴로 우리집으로 찾아 온 것이오. 우리집이 기우니까 아주 망한 줄 알았지요. 하지만 사람은 마음을 잘 써야 합니다. 오늘날 이 마당에 무슨 염치로 다시 찾아왔단 말입니까. 당신께서 우리 관세음보살님께 맹세한 대로만 하였으면 이렇게 되지는 않았을 것입니다."

그러한즉 다른 하인들이 가세하여 계씨에게 욕설을 퍼붓고 쫓아냈다. 계씨는 창피를 무릅쓰고 사지를 땅에 뻗치고 고두백배하며,

"내가 죽을 때가 되어 저지른 일이니 한번만 너그러이 용서해 주시오."

하며 애원하니, 그 집에 세 마리의 강아지가 쫓아 나와 슬프게 울고 짓고 하는 것이 아닌가. 계씨는 이것이 자기의 처자라고 생각하니 정신이 아득하였다.

계씨가 환이를 붙들고,

"오갈 데 없는 내 딸을 그대의 후실이라도 받아주면 결초보은結草報恩하겠소."

하며 애걸하니 이 때 시대창이,

"계 선생의 소행이야 괘씸하지만 딸이야 무슨 죄가 있겠느냐. 그러니 네가 용서하고 받아들여서 둘째 아내로 삼아라."

하고 권고했다. 환이도 생각을 돌려 허락하게 되었다.

계씨는 딸을 시 씨에게 맡기고 호구산 관음사로 올라가서 모든 죄업을 관음보살께 참회하고 스님이 되어서 시 씨의 행복을 빌며 기도하였다. 그리고 자기의 처자가 인간으로 환생하기를 기도하였다. 그 뒤 어느 날 밤에 계씨가 꿈을 꾸었는데 처자들이 와서 말하였다.

"당신이 늦기는 하였지만, 과거의 죄를 관음보살께 참회하고 수도한 공덕으로 우리들도 업보를 소멸하고 이고득락離苦得樂하게 되었소."

이때에 계씨는 사실을 알아보려고 시 씨 집에 사람을 보내어 탐문하여 보았더니 개 세 마리가 한꺼번에 죽었다고 한다. 계씨는 단계화상의 뒤를 이어 관음사의 주지가 되고 시 씨는 신자 화주가 되어서 80세까지 살면서 도반道伴이 되어 염불삼매로써 세상을 보냈다.

정산종사는 "하루살이는 하루만 보고 버마재비사마귀는 한 달만 봄으로 하루살이는 한 달을 모르고 버마재비는 일 년을 모른다. 범부는 일생만 봄으로 영생을 모르나 불보살은 영생을 보심으로 가장 긴 계획을 세우고 근본이 되는 일에 힘쓴다"고 했다.

나는 하루살이인가 버마재비인가 아니면 영생의 삶을 살고 있는가.

# 오달국사의 인면창

중국 당나라 때 지현이라는 스님이 있었다. 그는 계행이 청정하고 정혜를 고르게 닦아서 대중 가운데 뛰어났다. 항상 마음이 자비하여 화를 내지 아니하므로 대중 스님들은 그를 추천하여 간병 일을 하게 하였다.

하루는 어디서 성질이 포악하고 인물이 괴상한 환자가 왔는데 시키는 대로 듣지 아니하면 마구 때리고 야단까지 쳤다. 몸은 문둥병이 만성이 되어 사방이 곪아터지고 피와 고름이 흘러서 코를 들 수 없는데도 불구하고 항상 앞에 불러 앉혀놓고 떠나지를 못하게 하였다. 지현 스님은 생각하기를 '이 사람의 병이 만성이 되어 신경질을 더욱 부리니 내 그를 더욱 어여삐 여기고 어떻게든 낫도록 해주어야 겠다.'하고 더욱 멀고 가까운 데를 가리지 않고 약만 있다면 가서 구해왔다.

때로는 밥을 짓고, 죽을 쑤어 달이고 하여 그에게 갖다 바치면 이 노장은 밥그릇을 팽개치기도 하고 죽 그릇을 내던지기도 하며, 또 약이 쓰다고 짜증을 내기도 하였다.

그러나 지현은 그렇게 뜨거운 죽 그릇이나 밥그릇을 뒤집어쓰고도 화 한 번 내지 않고 극진하게 간호하였는데 그 간호의 덕택이었던지 그렇게 중한 문둥병이 3개월 만에 완치되었다. 그도 사람인지라 떠나는 마당에 지현스님을 극구 칭찬했다.

"가히 현세의 보살이다. 복을 짓는 가운데는 간병보다 더 나은 것이 없는데 네가 정성으로 간호하여 내 병이 이렇게 나았으니 네 나이 40이 되면 나라의 국사로 뽑혀 천왕의 존경을 받으리라. 만일 그때 천하제일의 음식을 먹고 천하제일의 의복을 입어 황제와 나란히 봉연을 타고 돌아다니면서 마음에 허영을 부리면 크게 고통 받는 일이 있으리라. 그때에는 꼭 나를 찾아야 할 것이니 잊지 말아라."

그러나 지현은 고개를 내저었다.

"스님께서는 별말씀을 다 하십니다. 저 같은 사람에게 나라의 국사가 다 무엇이며 천하일미가 무슨 상관이 있겠습니까? 오욕을 버리고 출가수도 하는 것은 견성성불을 하여 무량중생을 제도코자 하는데 목적이 있는 것이니 설사 그러한 지위가 나에게 부여된다 하더라도 초근목피와 천현백결千絢百結의 누더기를 떠나지 않겠습니다."

"허어. 이 사람 장담은 이제 두고 보면 알게 아닌가."

"그렇다면 스님, 스님의 주소나 알아야 찾아가지 않겠습니까?"

"그렇다. 참 나도 망령이구나. 나는 다룡산 두 소나무 아래 영지 옆에서 산다. 그리로 오면 만날 수 있다."

"감사합니다. 만일 그런 일이 있으면 꼭 찾아뵙겠사오니 부디 버리지 마십시오."

"그런 것은 걱정 말고 너무 늦지 않게 하여라."

이렇게 다짐한 노장과 지현은 작별을 하였다. 과연 그는 40세가 되었을 때 국사가 되었다. 나라에서는 훌륭한 도인을 찾아 나라의 스승으로 모시고자 천하총림에 조서를 내렸는데, 이구동성으로 지현 스님을 추천하니 그가 결국 국사 자리에 앉게 되었다.

지현대사는 몇 번이나 사양을 하고 거절하였으나 그는 어찌할 수 없었다. 하는 수 없이 왕명을 받고 오달국사라는 호를 받으니 금빛 찬란한 비단 장삼에 금란가사가 몸에 둘러지고 천하에 제일가는 음식이 입에서 떠나지 않고 천하 인민이 부러워하는 만조백관이 그의 앞에서는 꼼짝달싹도 못하고, 또 왕은 항상 그를 자기와 똑같은 봉연에 태우고 정치를 자문하니 세상에 그보다 더 높은 사람은 없었다.

오달국사는 자기도 모르는 사이에 어깨가 으쓱해졌다. 그래서 지난날의 계행은 간 곳이 없고 40여 년 동안 길들여 온 오후불식午後不食도 하지 않았다.

그런데 하루는 이상하게도 넓적다리가 쓰리고 아팠다. 만져보니 난데없는 혹이 하나 났는데, 시시각각으로 커져 사람의 머리만큼 커져갔다. 그런데 이상스러운 것은 그 혹에는 머리도 나고 코도 있고 눈도 생겨 필시 사람의 얼굴과 꼭 같았다. 걸음을 걸으면 쓸리고 아파 견딜 수가 없으므로 저절로 얼굴이 찡그려졌다.

일국의 국사로서 항상 자비의 상호를 떠나지 않았으므로 그가 국사에 추대된 것인데 국사가 되어 얼굴을 찌푸리고 험상궂은 상호로 만조백관을 대하게 되니 세상에 그보다 더 괴롭고 아픈 일은 없었다. 좋다는 약은 다 써보아도 낫지 않았다.

그런데 하루는 이상하게도 그 아픈 곳에서 사람 소리가 났다. 밤중이 되어 가만히 옷을 벗고 들여다보니 어쩌면 그렇게도 사람의 얼굴과 똑같은 부스럼인지 알 수 없었다. 그래서 그 병을 '인면창人面瘡'이라 부르게 되었다. 그런데 하루는 그 인면창이 말했다.

"오달아, 너만 그 좋은 음식을 먹지 말고 나도 좀 다오. 그리고 걸음을 걸을 때는 제발 조심조심 걸어 나를 좀 아프지 않게 해다오. 네가 다리를 절뚝거리지 않으려고 억지로 걸음을 걸을 때마다 나는 얼굴이 쏠려 아파 견딜 수가 없구나."

오달은 깜짝 놀라서 물었다.

"네가 도대체 누구인데, 나를 이렇게 괴롭히는 거냐?"

그러나 그는 입을 꼭 다물고 말하지 않았다. 오달국사는 왈칵 소름이 끼쳤다. 창피하여 견딜 수가 없었다. 명색이 한 나라의 국사로서 이러한 병을 가졌다면 얼마나 추잡하고 창피스러운 일인가. 오달은 금시 부귀도 영화도 다 싫어지고 임금님을 대하는 것도 만조백관을 대하는 것도, 천하총림의 대덕들을 대하는 것도 다 싫어지고 부끄러워 견딜 수가 없었다.

그는 어느 날 밤 몇 년 전에 일러주시고 가던 그 노장 스님이 생각났다.

"네 나이 40이 되면 나라의 국사로 뽑혀 천하의 존경을 받고 천하제일의 음식을 먹고 천하제일의 의복을 입어 황제와 나란히 봉연을 타고 다니리라. 그러나 마음에 허영을 놓지 아니하면 크게 고통 받는 일이 있으리니 그때는 마땅히 나를 찾아오라. 나는 다룡산 두 소나무 아래 영지 옆에 산다."

이 말이 생각나서 오달국사는 부귀고 영화고 다 팽개치고 야반도주를 기도하였다. 다룡산 두 소나무 아래 이르니 안개가 자욱이 끼었는데 어디서 이상한 풍경 소리가 들렸다. 가서 보니 한 칸의 정자에 바로 그때 그 노장이 앉아 있다가 말했다.

"오늘 네가 올 줄 알았다."

오달이 사정하였다.

"스님, 이것 좀 고쳐 주십시오. 이놈이 저를 잡아먹으려 합니다."

"그래. 내 이르지 않았더냐. 그런데 너는 설사 국사가 된다고 하더라도 초근목피와 천순백결의 누더기를 떠나지 않는다고 하였었지. 그것은 바로 너의 원수다. 어서 저 영지靈池로 내려가 말끔히 씻어버려라."

그 노장의 말을 듣고 오달국사가 영지가 있는 곳으로 내려가니 인면창이 말하였다.

"내가 너에게 할 말이 좀 있다."

"무슨 말이냐?"

"네가 나를 알겠느냐?"

"내가 어떻게 너를 알 수 있겠느냐?"

"그럴 것이다. 그러나 나는 너를 잊지 않고 있었다. 나는 옛날 한 나라 경제 때 재상 착조이다. 네가 오나라의 재상인 원익으로 있을 때 우리나라에 사신으로 왔다가 무슨 오해를 가졌던지 경제 임금께 고하여 죄없는 나를 참수斬首 : 머리를 자름하여 죽게 하였다. 그러므로 나는 이것이 철천지 원한이 되어 기회만 있으면 원수를 갚고자 하였다. 그런데 네가 세세생생에 중이 되어 계행을 청정히 지니고 마음 닦기를 게을리 하지 않아 좀체 틈을 얻지 못하였더니 마침 네가 국사가 되어 계행이 헤이해지고 수도에 구멍이 나서 모든 신선이 너를 버리고 떠나가는 바람에 내 너를 괴롭히려고 인면창으로 변하여 오늘에 이르렀다. 그러나 너는 불심이 장하여 많은 사람을 구제해 온 까닭으로 오늘 저와 같은 스님의 은혜를 입어 네 병이 낫게 되었으니 내가 어찌 너를 더 이상 괴롭힐 수가 있겠느냐. 이 못은 해관수海寬水라는 신천神泉으로 한 번 씻으면 만병이 통치되고 묵은 원한이 함께 풀어지는 신령스러운 못이다. 저 스님은 말세의 화주로 다룡산에 계시는 빈두로존자貧頭盧尊者이니 보통 사람이 아니다. 이러한 성현의 가피를 입어 나와 내가 세세에 원수를 풀고 참도를 구해 나아가게 되었으니 어찌 다행한 일이 아니냐. 그럼 잘 있거라."

그리고 인면창은 감쪽같이 스며들었다. 오달국사는 그 동안의 해이된 계행, 거만한 마음을 참회하고 그 물에 목욕하니 병은 간 곳이 없고 몸은 날아갈 듯 신천지를 얻은 듯하였다.

해관수에서 나와 아까 만났던 빈두로존자를 뵙고자 그 고을을 찾았더니 소나무는 여전한데 정자와 사람은 간곳이 없었다. 과연 성현의 영적임에 분명했다.

오달국사는 이로부터 곧 나라에 사표를 쓰고 그곳에 안주하여 자비수참慈悲水懺을 짓고 아침저녁으로 부지런히 행하니 모든 수행인의 모범이 되고 시방의 모든 부처님이 찬탄하였다.


소태산 대종사는 세상에서 제도하기 어려운 세 가지 사람에 대하여 첫째는 마음에 어른이 없는 사람이오, 둘째는 모든 일에 염치가 없는 사람이오, 셋째는 악을 범하고도 부끄러운 마음이 없는 사람이라 하였다.

# 등에서 자라는 나무

옛날 어느 절에 덕이 높은 스님이 제자 몇 사람을 가르치고 있었다. 그 가운데 한 제자는 스승의 가르침을 어기고 제멋대로 생활하며 계율에 어긋난 생활을 일삼았다. 그러다 마침내 몹쓸 병에 걸려 그만 죽고 말았다. 죽은 뒤에 물고기로 다시 태어나, 등에 커다란 나무가 솟아나서 여간 고통스럽지 않았다.

하루는 그 스승이 배를 타고 강을 건너려는데, 등에 커다란 나무가 난 물고기가 뱃전에 머리를 들이대고 슬피 우는 것이었다. 스님이 깊은 선정禪定에 들어 물고기의 전생을 살펴보니 그 물고기는 바로 방탕한 생활을 하다가 일찍 병들어 죽은 자신의 제자로 살아서

행한 과보로 고통 받는 모습이었다. 스승은 가여운 생각이 들었다. 그래서 그 제자를 위하여 곧 수륙천도재*를 베풀어 물고기의 몸에서 벗어나게 해주었다.

✿ 수륙천도재(水陸薦度齋)
물이나 육지에 사는 미물과 외로운 영혼들을 위한 법회

그날 밤 그 스승의 꿈에 물고기가 되었던 제자가 나타났다. 제자는 스승의 은혜에 감사드리며 다음 생에는 참으로 발심하여 공부할 것을 다짐하고는, 이어 자신의 등에 난 나무를 베어 물고기 모양으로 만들어 부처님 앞에 매달아 놓고 쳐주기를 부탁하였다. 그 소리를 들으면 수행하는 사람들에게는 좋은 교훈이 될 것이며, 또 강이나 바다에 사는 물고기들에게는 해탈할 수 있는 좋은 인연이 될 것이라 하였다. 그리하여 스승은 그 부탁을 따라 나무를 베어 물고기의 모양을 딴 목어木魚를 만들었다. 그 뒤로 그것은 차츰 쓰기 편리한 둥근 목탁木鐸으로 변형되어 예불이나 독경을 할 때를 비롯하여 여러 행사에 널리 사용되는 중요한 법구法具가 되었다.

우리나라의 큰 사찰에는 대개 종각이 있다. 종각에는 네 가지의 법구가 갖추어져 있는데, 쇠로 된 범종梵鐘과 가죽으로 만든 커다란 법고法鼓와 구름 모양의 운판雲板과 물고기 모양의 목어木魚가 바로 그것들이며 이를 일러 사물四物이라 한다. 범종을 울리는 것은 고통스럽게 살아가는 지옥 중생들의 해탈을 기원하기 위함이오, 큰 북은 네발 다린 온갖 짐승의 무리를 제도하기 위함이며, 운판은 날아다니는 날짐승과 모든 곤충의 안락함을 위한 것이며, 목어는 물속에 사는 생물의 구원을 위하여 두드리는 것이다.

사물을 치고 듣는 불자들은 그래서 다음과 같이 발원한다.

"이 소리를 들으면 생명으로 태어난 사람들과 짐승 미물에 이르기까지 고르게 깨달음의 길에 올라 괴로움에서 벗어나게 하소서."

이 사물은 곧 뭇 중생의 행복과 해탈을 기원하고 생명의 존엄성을 일깨우는 자비의 소리인 것이다.

범종을 칠 때 게송을 외우며 간절한 마음으로 한 번 한 번 종을 친다. 아침 게송은 다음과 같다.

원차종성변법계　願此鐘聲遍法界
철위유암실개명　鐵圍幽暗悉皆明
삼도이고파도산　三途離苦破刀山
일체중생성정각　一切衆生成正覺


원컨대 이 종소리 법계에 두루하여
철위산 아래 어두운 지옥 밝혀주고
지옥 아귀 축생 삼도의 고통과 칼산의 지옥고통 없애주며
모든 중생 깨달음을 이루게 하소서!

저녁 게송은 다음과 같다.


문종성번뇌단　聞鐘聲煩惱斷
지혜장보리생　智慧長菩提生
이지옥출삼계　離地獄出三界
원성불도중생　願成佛度衆生


종소리 들어 번뇌를 끊고
지혜를 길러 보리가 이루어지고
지옥 삼계에서 벗어나서
부처를 이루어 중생을 모두 건네지이다.

# 세조와 문수동자

조선시대 제7대 임금인 세조는 조카인 어린 단종을 폐위시키고서 왕위에 올랐다. 그 죄에 대한 과보인지 하루는 꿈에 단종의 모후가 나타나 무섭게 꾸짖는 것이었다.

"이보시오. 내 아들이 나이가 어린 탓으로 당신이 섭정을 하고 있었으니 왕과 다름없었을 터인데, 그 어린 것을 왕위에서 몰아내고 귀양까지 보내더니 무엇이 더 부족하여 무참하게 죽여 버렸단 말이오? 왕의 자리가 그렇게도 탐났소? 퉤 이 더러운 양반아!"

이렇게 말하고는 침을 뱉았다. 세조는 그 꿈에서 깨어나면서부터 온몸에 등창이 생겼는데, 그 괴로움은 말로 다 할 수가 없었다. 아무리 용하다는 의원이나 신비스러운 영약도 아무런 효험이 없었다.

세조는 지난 일을 진심으로 참회하였다. 그리고 병을 낫게 하려고 강원도 오대산으로 떠났다. 오대산은 항상 문수보살이 계시는 영험한 도량이기 때문이었다. 세조는 오대산 상원사에서 머물면서 문수보살께 지극한 정성으로 백일기도를 드렸다.

마침내 백 일째 되는 날이었다. 몸이 몹시 가려워 견딜 수가 없게 된 세조는 기도를 마친 뒤에 개울에서 목욕을 하였다. 홀로 몸을 씻으면서 누가 등을 좀 밀어주었으면 좋겠다는 생각을 하고 있는데, 마침 개울가의 샛길로 한 동자가 걸어오고 있었다. 세조는 손짓으로 동자를 불러 자기의 등을 밀어달라고 부탁하였다. 동자가 기꺼이 응하여 등을 밀어주는데 가려운 데가 그렇게 시원할 수가 없었다. 목욕을 마친 세조가 동자에게 칭찬하며 말하였다.

"앞으로 어디에 가서 행여나 다른 사람들에게 임금의 옥체에 손을 대고 흉한 종기를 씻어주었다는 이야기를 해서는 안 될 것이니라."

동자는 미소를 지으면서 대답하였다.

"잘 알겠습니다. 그러나 상감께서도 뒷날에 누구에게든지 오대산에 있는 문수 동자를 친견하였다는 말씀을 하지 말기를 부탁드립니다."

그러더니 동자는 홀연히 사라졌다. 세조는 그 어린 동자가 나중에 좋지 않은 소문을 퍼뜨릴까 염려되어 그런 부탁을 하였는데, 그 동자가 문수보살의 화신인 것을 알고는 부끄럽고 송구스러운 마음이 들어 어찌할 바를 몰랐다. 더구나 그 덕분에 병까지 말끔히 나았던 것이다. 그래서 세조는 나라에서 으뜸가는 화공과 조각가를 불러서 자신이 본대로의 문수보살의 모습을 그림으로 그려 조각하게 하였다. 그것이 바로 상원사에 모셔져 있는 문수 동자상이다.

세조가 상원사에 머물 때면 늘 대중공양에 참예하여 발우를 펴놓고 스님들과 함께 공양하였다. 음식을 나누어 받기 전에 미리 천수물을 받아두었다가 식사가 끝나면 그 물로 발우를 씻었다. 그런데 하루는 나이어린 사미승이 천수물을 돌리며 세조에게 이르더니 이렇게 말하는 것이었다.

"거사님, 어서 물 받으십시오."

감히 나라님을 거사라 부르다니. 주위의 여러 스님과 따라온 신하들은 아연했다. 그 어린 사미승이 큰 벌을 받을 것이 분명하여 걱정된 것이다. 그러나 세조는 자신을 거사라 불러준 것을 오히려 영광으로 여기며 칭찬하였다.

"네가 아니었으면 내가 누구에게서 거사라는 말을 듣겠느냐?"

그러고는 사미승에게 큰 상을 내렸다고 한다.

한번은 이런 일도 있었다. 세조가 법당에 올라가 부처님께 예배를 드리려고 하였다. 그때에 어디선가 갑자기 고양이가 나타나서 세조의 옷자락을 잡아끌며 절을 못하도록 방해하였다. 세조가 이상히 여겨 사람들을 시켜 법당 안을 살펴보게 하니 탁자 밑에 자객이 숨어 있는 것이었다. 그리하여 곧 자객을 붙잡아내고, 고양이에게는 감사하는 마음에서 상원사에 양묘전養猫田을 하사하여 고양이를 기르게 하였다. 그리고 법당 앞에는 돌로 고양이상을 새겨놓았다.

세조는 오대산에 들어가서 문수보살을 친견하여 고질병으로 앓던 종기를 말끔히 치료하였을 뿐만 아니라, 고양이 덕분에 죽을 목숨까지 건지기도 하였다. 그러니 참으로 부처님의 은혜를 많이 입은 왕이라 하겠다. 그런 까닭에 세조는 불교 탄압이 심했던 조선시대에 드물게 불교를 이해했던 임금으로서 많은 공적을 이루었다.

아무리 중한 악업을 지은 사람이라도 진정으로 참회하면 상극의 업력을 벗어날 수 있으며, 모든 부처님의 호렴을 입을 수 있다.

참회懺悔란 옛 생활을 버리고 새 생활을 개척하는 첫 걸음이며 악도를 놓고 선도에 들어오는 첫 관문이다. 사람이 참회를 하고 또 다시 악을 범하면 죄는 면할 수 없다. 일시적 참회로서 약간의 복은 짓는다 할지라도 죄업의 근본인 탐진치貪瞋痴를 그대로 두면 죄는 죄대로 복은 복대로 받게 된다.

참회의 방법은 사참事懺과 이참理懺이 있다. 사참이란 성심으로 삼보三寶 전에 지난 죄과를 뉘우치고 선업을 행하는 것이다. 이참은 인간의 원래 죄성罪性이 공空한 자리를 깨쳐 모든 번뇌 망상을 제거해가는 것이다. 영원히 죄업에서 벗어나고자 할 때는 사참과 이참을 병행해야 진참회眞懺悔가 된다.

# 가슴을 다쳐 죽은 아들

　　　　　　　　1971년 여름, 당시 ○○군 사령관 집에 매우 불행한 사건이 불어닥쳤다. 서울대학교에 재학 중이던 사령관의 외아들이 친구들과 함께 김포 앞바다로 해수욕을 가서 다이빙을 하다가 물속의 뾰족한 바위 끝에 명치가 찔려 죽은 것이었다.

　한없이 착하고 말 잘 듣고 공부도 잘 하였던 외아들이 너무나 허무하게 죽어버리자, 사령관은 먹지도 않고 자지도 않고 방 안에만 들어 앉아 슬픈 나날을 보내고 있었다.

　이윽고 팔공산 동화사에서 아들의 49재齋를 지내던 날, 스님의 독경과 염불을 들으며 아들의 명복을 빌던 사령관은 갑자기 자리를 박

차고 일어나 위패를 모신 영단靈壇을 향해 벽력같이 소리를 내질렀다.

"이놈의 새끼! 모가지를 비틀어 죽여도 시원찮은 놈! 이놈!……."

감히 보통 사람으로서는 입에도 담지 못할 욕설을 있는 대로 퍼붓고는 재가 끝나지 않았는데 법당을 뛰어나가 버렸다. 독경하던 스님과 재에 참석했던 사람들은 영문을 알 수 없는 돌발적인 소동에 어리둥절해 할 뿐이었다.

그 날 밤, 사령관은 자신의 과거 이야기 한 편을 들려주었다.


한국전쟁 당시 저는 ○○여단장으로 근무하고 있었습니다. 늘 자신감에 넘쳐흘렀던 저는 백두산 꼭대기에 제일 먼저 태극기를 꽂기 위해 선두에서 서서 부대원들을 지휘하며 북진에 북진을 거듭하고 있었습니다.

그런데 갑자기 이승만 대통령으로부터 전문電文이 날아왔습니다. '지휘관 회의가 있으니 급히 경무대로 오라'는 것이었습니다. 저는 황급히 경무대를 출발하면서, 평소 아끼고 신임하던 부관에게 거듭거듭 당부하였습니다.

'들리는 소문에 의하면 중공군 수십만 명이 내려오고 있다고 한다. 한시도 경계를 게을리 해서는 안 된다. 만일 내가 시간 내에 돌아오지 못하면 부관이 나 대신 백두산 꼭대기에 태극기를 꽂아라.'

그런데 '가는 날이 바로 장날'이라고 하더니, 그날 저녁 중공군 30만 명이 몰려와서 산을 둘러싸고 숨 쉴 틈 없이 박격포를 쏘아대는 바람에 우리 부대원들은 거의 대부분이 몰살당하고 말았습니다. 뒤늦게 급보를 받고 달려가 보니 눈 뜨고는 볼 수 없는 처참한 광경이었습니다. 저는 급히 부관을 찾았습니다.

'부관은 어디에 있는가?'

얼마 동안 찾다가 '어찌 그 와중에 부관인들 무사할 수 있었을까?' 하는 생각에 한 가닥 희망조차 포기한 채 허탈한 마음으로 사무실에 앉아 있었습니다. 그때 당연히 죽었을 것이라고 여겼던 부관이 쫓아 들어왔습니다.

"살아 있었구나. 어떻게 너는 살아남을 수 있었느냐?"

"죄송합니다. 실은 저는 이웃 온천에 있었습니다."

"온천? 누구와?"

"기생들과 함께……."

"너 같은 놈은 군사재판에 회부될 감도 되지 못한다. 내 손에 죽어라."

어찌나 부아가 치미는지 그 자리에서 권총 세 발을 쏘았고, 부관은 피를 쏟으며 나의 책상 앞에 고꾸라졌습니다.

그것이 바로 21년 전의 일인데, 어찌된 영문인지 오늘 낮 아들의 위패를 놓은 시식상施食床 앞에 그 부관이 나타난 것입니다. 그 모습이 너무 생생하였으므로 엉겁결에 일어나 고함을 치고 욕설을 퍼부었습니다.

그런데 집에 돌아와 곰곰이 생각해보니 바로 그날 죽은 부관이 이번에 죽은 아들로 태어난 것이 틀림없음을 깨달았습니다. 부관이 죽은 날과 아들이 태어난 날짜를 따져보아도 정확하게 일치하는 것으로 보아서도 틀림이 없습니다.

  사령관의 부관은 자기의 가슴에 구멍을 내어 죽인 상관의 가장 사
랑하는 외동아들로 태어났고, 가슴을 다쳐 죽음으로써 아버지의 가
슴에 구멍을 낸 것이다.

  살생을 저지르면 그 과보는 죽음 혹은 죽음에 버금가는 고통으로
되돌려 받게 된다. 당연히 죽어야 할 자를 죽인 살생이라도 그 과보
는 벗어날 수 없는 것이다. 단명短命한 사람, 병이 많은 사람 또한 전
생의 살생한 업을 받는 것이다.

  모든 현상은 결코 우연이란 없다. 씨를 심지 않고 어찌 움이 트며,
열매가 열릴 것인가. 모든 것이 내가 지은 인연과因緣果의 소치이다.
종교문에서 '살생을 하지 말라'를 제1계문으로 밝힌 까닭을 다시금
새겨봐야 한다.

제3장

# 개구리와 뱀이 유혹하다

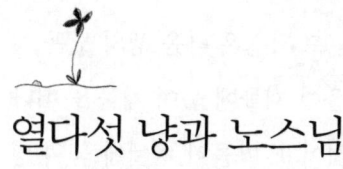

# 열다섯 냥과 노스님

옛날에 어떤 스님에게 일생 동안 쓰지 않
고 모은 돈 열다섯 냥이 있었다.

노스님은 벽 구석에다 구멍을 뚫고 돈을 넣어둔 다음 아무도 없
을 때만 몰래 꺼내어 세어보는 것이 낙이었다. 밤이면 베개 속에 넣
고 자기도 했고, 끌어안고 자기도 하였다. 노스님이 세상을 떠난 뒤
제자들이 그 방에서 살게 되었는데, 몇 달 지난 뒤부터 밤마다 벽에
서 부스럭거리는 소리가 나기 시작했다. 이를 이상하게 여겨 소리가
나는 곳의 벽지를 뜯어보았더니 손가락만한 뱀이 돈 열다섯 냥을 틀
어 안고 있었다.

평소 즐기던 것은 착심이 되기 쉽다. 그 착심은 다음 생의 모든 것을 결정하는 중요한 요인이 된다. 마음이 재물에 묶여 재물을 떠나지 못하면 재물의 착심에 걸려 있는 것이고, 마음이 명예에 묶여 명예를 떠나지 못하고 있으면 명예의 착심에 걸려 있는 것이며, 마음이 처자권속에 묶여 처자와 권속을 떠나지 못하면 착심이 처자와 권속에 걸려 있는 것이다.

수도를 한다는 스님도 열다섯 냥의 착심에 걸려 그것을 낙으로 삼고 살았으니, 결국 노스님의 일평생 수도는 착심으로 도로徒勞* 아미타불되어 열다섯 냥을 지키는 뱀으로 태어날 수밖에 없었던 것이다. 우리는 지금 무슨 재미에 푹 빠져 있는가? 그것이 착심이 되지 않을까 두렵다.

🌸 도로徒勞

《삼국유사》에 도로병(徒勞病)이라는 말이 있다. 신라시대 경흥이라는 왕사가 있었다. 스님은 심한 두통에 걸렸다. 백약으로도 치유가 안 되었다. 어느 날 노파가 나타나 '도로병'이라고 진단했다. 쓸데없는 일에 골머리를 쓰기 때문에 머리가 아프다는 것이다. 도로병을 고치기 위해서는 실컷 웃으면 된다며 노파는 여러 모습으로 스님을 웃겼다. 노파와 함께 실컷 웃고 난 스님은 도로병이 완치되었다. 그 노파는 관음보살의 화신이었다고 전한다. 도로(徒勞)란 헛수고를 말한다. 노스님의 몇 십 년의 공부는 도로 아미타불이 되고 말았다.

170

# 윤웅열 대감의 전생형제

조선시대 말엽 광무 칠 년1903년에 당시 군
부대신 윤웅열*이 그 아들 윤치호와 기타 가족 및 호위병 십여 명을
데리고 석왕사釋王寺에 와서 그 이튿날 아침 산중 승려를 전부 모으
고 나서 '한 백년 전후해서 해파여순海波與淳이란 대사의 권속이나 혹
은 그이의 행장을 아는 이가 없는가?' 하고 물으니 아무도 아는 사람
이 없었다.

대감은 무척 답답하게 생각하였다. 군부대신 윤웅열 대감이 왜 이
렇게 해파여순의 행적을 알고 싶어 하였을까?

한말 고종 시절에 조정에서는 대원군과 명성왕후 사이에 한참 정쟁이 생겼을 때 윤웅열 대감은 참소讒訴 : 터무니 없는 사실로써 남을 헐뜯어 윗사람에게 일러 바치는 일를 입어 전라도 완도에 귀양하게 되었다. 윤웅열 대감은 완도에서 삼 년 동안이나 있게 되니 참으로 갑갑하였다.

🏵 윤웅열(尹雄烈)

이조 말엽의 무관으로 1880년 별군관으로 수신사 김홍집을 따라
일본에 다녀와 별기군(別技軍)을 창설하여 좌부령관으로 주동적인
역할을 하였다. 그 후 남양부사를 거쳐 남도병마절도사를 지냈다.
1884년 김옥균 등과 함께 갑신정변을 일으켜 형조판서가 되었으나
곧 완도로 귀양 갔다. 귀양에서 돌아와 군부대신에 이르렀다.

하루는 상노上종가 놀다가 들어오더니 이웃집에 명두라는 자가 점을 치는데 백발백중이라고 온 동리 사람들이 법석거린다고 하기에 미신인줄 알면서도 하도 갑갑해서 '에라 한번 가서 시험 삼아 물어 보자' 하였다.

"여기 점하는 사람이 누구인가?"

소위 명두라 하는 사람이 공중에서 음성으로만

"여기 있습니다."

고 하였다. 그래서

"대관절 내가 어디 사람으로 무슨 일로 여기 와서 있을까?"

"예, 영감은 서울 사람으로 여기로 귀양을 왔소이다."

"그러면 언제나 풀려나는 것인가?"

"별 죄가 없으니 이제 한 보름만 있으면 됩니다."

윤웅열 대감은 귀양을 풀어준다는 소식인 해배문자解配文字가 온다기에,

"꼭 틀림없을까?"

하고 다짐을 하였다.

"나는 거짓말을 하지 않습니다."

윤웅열 대감의 아들 치호가 궁금하여 물었다.

"내가 아들이 있는데 이렇게 와서 있으니 자식은 어느 곳에서 무엇을 하고 있는지 좀 알려다오."

"예, 제가 가서 보고 오겠습니다."

하며 휙 소리가 나며 나가는 모양을 보이더니 한참 있다가 돌아와서,

"영감 자제가 미국에 가서 공부하고 있습니다. 그런데 청나라에서 유학 온 청나라 여자와 혼약이 되어 내년 가을에는 상해에 나와 결혼식을 하겠고 얼마 안 되어서 부자 상봉하겠습니다."

"그것은 미래사라 당해보면 알 것이나 나의 전생을 알겠는가?"

명두는 어디에 가보고 온다고 하더니 한참 있다가 와서,

"영감이 전생에는 중노릇을 했습니다."

"어디서?"

"예, 강원도 설봉산 석왕사입니다."

"그러면 그때 중의 이름을 알겠는가?"

"예, 법호는 해파海波이고 승명은 여순與淳이라고 했습니다."

"그러면 중노릇을 잘 하였을까?"

"영감 형제가 다 중이 되어 영감은 수행을 잘 하여서 그 다음에 중국에 가서 태어나 일품대신으로 이름이 천하에 드날렸고 두 번째는 조선에서 태어나 오복五福이 구족함으로 얼마 안 가서 대감 소리를 듣겠소이다.

그러나 영감 형님은 중노릇을 아주 잘못하였습니다. 법전法殿을 중수하느니 개금불사改金佛事를 하느니 청탁하고 신도들의 많은 돈을 소모하여 사복을 채워왔던 죄로 지옥에 들어가 고초를 받다가 인도에서 수생受生은 하였으나 가난한 보를 받아 지금 강원도 통천군 새술막이라는 데서 술장사를 하고 있습니다. 더욱이 두 손이 쪼막손인데 성명은 이경운李景云이라고 합니다."

그래서 윤웅열은 그렇겠다고 생각하여 모든 것을 기록해 두었었다. 그후 2주일 만에 해배문자가 오고 그 이듬해 가을에는 아들이 결혼식한다고 상해에서 전보가 오고 또 얼마 안 되어서 부자상봉하고 다시 얼마 안 되어 군부대신의 위에 올랐으니 명두의 말이 하나도 틀림이 없었다.

이 네 가지는 다 맞았으나 남은 석왕사 사건事件 두 가지를 알아보려고 애를 썼으나 알 도리가 없어서 가족과 수행원을 데리고 승지 수양한다는 핑계로 석왕사를 와서 산중 원로 설하대사雪河大師와 여러 승려들에게 물어 보아도 아는 사람이 없어 몹시 답답하였다.

그래서 뒷산에 올라가 사냥이나 한다고 산위로 올라가 행적골 부근으로 노루를 몰아넣고 그 이튿날 수행원을 데리고 행적골로 올라

가는데 내원암 입구에 가서 잠깐 쉬다가보니 마침 부도밭(부도가 모여있는 곳)이 있었다.

　윤웅열 대감이 부도浮屠 : 고승의 사리나 유골을 넣고 쌓은 둥근돌탑에 덮인 풀을 헤치고 보니 해파당여순海波堂與淳이란 글자가 뚜렷이 나타났다. 대감은,

　"애, 치호야. 너 아이들 데리고 이리 오너라. 이 부도에다 절을 하여라."

　윤치호는 아버지의 명이라 그저 절을 하고 보니 부도에 해파여순이란 문구가 씌여 있었다. 대감은 가족들에게 그만 절로 가자. 이것을 찾으려고 온 것이지 절에 사냥 온 것이 아니라고 하였다. 절로 내려와서 다시 대중을 모으고 완도에서 점친 전후 경과를 설명하니 모두 신기하게 생각하고 탄복하였다.

　대감은 이제 강원도 통천으로 사람을 보내볼 터이니 금택 여관 주인 윤오尤旿를 불러 사람을 구한 것이 유대방劉大方이라는 사람이었다.

　"너는 강원도 통천군 새 술막에서 술장사하는 이경운이란 사람이 두 손이 다 쪼막손이라 찾기도 쉬울 터이니 빨리 가서 데리고 오너라."

　한즉 과연 4일 만에 데리고 왔다. 수행원이 대감께 절을 하라 한즉 절은 그만두고 그저 앉으라고 한 뒤에 전생담을 이야기하고 살기가 곤란한 듯하니 돈 백 냥과 백목 열 필을 줬다. 돈은 두 내외 호구할 논이나 몇 두락 사고 백목은 옷가지나 하여 입고 모든 것이 부처

님의 은덕이니 과거사를 뉘우치고 이후부터는 염불이나 많이 하여 죄업을 소멸하라 하였다. 그리고 무거운 것을 가져갈 수 없을 터이니 통천군수 앞으로 환전표로 해서 주면서 가지고 가게 하니 이 노인은 전생 동생이 금생 부모보다 낫다고 하면서 눈물을 흘리고 돌아갔다.

석왕사 대중을 불러놓고 내가 전생에 복을 닦은 사찰이니 엽전 2백 냥으로 미성微誠을 표하는 것이다 하며 작으나마 부처님 향촉비에 보태어 달라고 한 후 다음 달 서울로 돌아갔다.

이 내용은 《석왕사지》에 수록되어 전하는 이야기이다.

누구나 자신의 전생이 무엇이었을까 하는 궁금증이 있다. 그러나 누구나 알 수 있는 것은 분명 아니다.

자기의 전생들을 모두가 안다면 어떨까?

모두가 자신과 연관된 한 형제임을 알 것이다.

# 농부의 부탁

일본의 텐다이 스님에게 한 농부가 찾아와 죽은 아내를 위한 염불왕생을 청하였다. 스님이 염불을 마치고 나자 농부가 물었다.

"스님, 이로써 제 아내가 공덕을 얻었을까요?"

"부인뿐만 아니라 생명 있는 모든 존재가 이 염불의 은혜를 받을 것이오."

이 말을 들은 농부는 깜짝 놀라면서 말하였다.

"모든 생명을 가진 존재가 은혜를 받는다면 제 아내가 받을 몫이 줄어들어 조금밖에 되지 않겠군요. 스님, 제 아내만을 위한 염불을 해주십시오."

"모든 살아있는 존재를 위해 불공을 드리는 것이 불교의 자비라오. 그렇다고 해서 부인이 받을 공덕이 줄어드는 것은 아닙니다."

농부는 고개를 끄덕이며 심각한 표정으로 잠시 생각하더니 말했다.

"그것은 참으로 훌륭한 가르침이군요. 그러나 제발 한 사람만 예외로 해주십시오. 제 이웃에 야비하고 난폭한 사람이 살고 있는데, 모든 살아있는 중생 중에서 그 사람만 빼주세요."

인간에게는 선한 마음과 악한 마음, 미움과 사랑, 이기심과 이타심 모두가 같이 공존한다. 좋은 것이 있으면 갖고 싶고 싫은 것이 있으면 버리고 싶다. 이 마음이 잘못된 것은 아니다. 공존하는 마음에서 그 마음을 인정하고 어떠한 마음으로 돌려 사용하느냐에 따라 결실은 다르게 나타난다.

# 개구리의 죽음

개구리만큼 무감각한 동물도 없다. 개구리를 물에 넣고 1초에 0.0036도씩 데우면 개구리는 뜨거운 걸 느끼지 못한다. 결국 2시간 반 정도 지나면 개구리는 단 한 번 저항도 해보지 않고 죽게 된다. 물이 서서히 뜨거워지기 때문에 뜨거움을 느끼지 못하는 것이다. 그러나 처음부터 뜨거운 물속에다 개구리를 집어넣으면 발버둥을 치면서 물 밖으로 튀어나온다.

사람이 유혹에 빠지는 것도 이와 같이 나도 모르게 서서히 빠지는 경우가 많다. 자기가 빠지는지도 모르게 빠지는 유혹으로부터는 벗어나기가 쉽지 않다. 하나가 또 다른 하나를 낳고 또 다른 하나는 다시 둘을 낳고 결국에는 헤아릴 수 없이 증가하게 된다. 선업이든 악업이든 처음의 인(因)이 미미할지라도 결과는 태산과 같을 수 있다.

소태산 대종사*는 제자들에게,
"한 마음이 선하면 모든 선이 이에 따라 일어나고 한 마음이 악하면 모든 악이 이에 따라 일어난다"
고 하였다.

❀ 소태산 대종사(少太山 大宗師1891~1943)

전남 영광에서 태어나 20여년의 구도끝에 1916년 깨달음을 얻어 「원불교(圓佛敎)」를 창시하였다. 일제의 온갖 핍박속에서도 새로운 문명세계에 대한 희망을 제시하고 교화·교육·자선사업을 진흥시키며 교화를 하다 53세에 열반하였다.

성은 박(朴)씨이며, 이름은 중빈(重彬), 호는 소태산(少太山)이고 대종사(大宗師)는 존칭이다.

# 청소부 마 씨네 아들 녀석

마조스님*은 스님 중 유일하게 속가에서 쓰던 마馬씨 성을 그대로 사용하였다. 마조스님이 크게 깨달은 후 세상에 명성이 자자해졌을 때 하루는 고향에 가게 되었다.

모든 사람들이 떠들썩하게 스님을 맞이하였다. 사람들에게 둘러싸여 개울을 건너가는데, 이웃에 살던 한 노파가 와서 보고는 시큰둥하게 내뱉었다.

"떠들썩하길래 누군가 했더니 겨우 청소부 마 씨네 아들 녀석이구먼."

이 말을 들은 마조스님은 빙긋이 웃으며 시를 읊었다.

❁ 마조도일(馬祖道一, 709~788)

당나라 때의 스님으로 조사선(祖師禪)의 개조(開祖)이다. 그는 소걸음에 호랑이 눈매를 가졌고 혀를 빼면 코를 덮을 정도로 길었으며, 발바닥에는 두 개의 둥근 문양이 있는 등 남다른 용모를 가지고 있었다고 한다. 마조는 남악회양(677~744)의 가르침을 받아 그의 법을 이었다. 마조가 개원사(開元寺)에서 법을 펼 때 학인들에게 '마음이 곧 부처(卽心是佛)'라 하며 크게 선풍을 떨쳤다. 그러나 이전에 쓰이던 뜻과는 다른 점이 있었다. 이것으로 하여 조사선의 개조가 되었다. 곧 마음이란 단지 우리에게 내적으로 구비된 본연의 성품일 뿐만 아니라, 일상적으로 전개되는 구체적인 것이기도 하다는 사상의 단서를 보였기 때문이다. 이것이 바로 '평상심이 도(平常心是道)'라는 말로 표현된다. 불법을 구체화시키는 장으로서 일상의 일을 중시하는 선풍은 평상심을 강조하는 마조로부터 본격적으로 시작된 것이다. 그는 마곡보철, 방거사 등 걸출한 제자들을 많이 배출하였으며 입실(入室)한 제자만도 139명이라 전한다. 마조는 석문산(石門山)에서 후사를 당부하고 80세에 열반하였다.

권하거니 그대여, 고향엘랑 가지 마소.
고향에선 누구도 도인일 수 없다네.
개울가에 살던 이웃의 그 할머니
아직도 내 옛 이름만 부르는구려.

사람은 처음 본 기억, 어릴 때 본 기억을 전부로 이해하기 쉽다. 세월이 흐르고 어린아이가 자라서 어른이 되고 범부가 깨쳐 부처가 되는데도 말이다. 어제 악을 범했다고 오늘도 악을 범한다는 보장이 어디 있으며, 어제 선을 행했다고 오늘도 선을 행하리라는 법이 어디 있는가?

사람의 마음은 능히 선할 수도 있고 능히 악할 수도 있다는 것을 알아야 한다. 그러므로 한마음을 깨우치면 부처이고 한마음이 어두우면 범부중생이라 한다.

# 화목의 비결

어느 산골에 인가가 두 채 있었다. 한 집은 가족이 일곱 명이 사는데 서로 화목하여 말다툼 한 번 하는 일도 없이 항상 웃는 얼굴로 즐거운 생활을 하고 있었다. 또 한 집은 그 반대로 단 세 식구가 살면서도 하루도 다투지 않는 때가 없이 서로 불화하여 항상 낯을 피지 못하고 괴로운 생활을 하고 있었다.

그런데 하루는 세 식구가 사는 집주인이 일곱 식구 사는 집주인을 찾아와서 말하되,

"당신 댁에는 여러 권속이 살면서도 늘 평화로워 보이며 말다툼 한 번 하는 것도 듣지 못하겠는데, 우리 집은 권속 셋이 살면서도 날

마다 싸움질이오. 서로 원성과 질시로 날을 보내게 되니 참으로 한 이웃에서 살기가 부끄럽습니다.

그래 오늘은 어떻게 하면 그와 같이 화목하게 지내는가 그 방법을 알러왔으니 수고스러워도 조금 가르쳐 주십시요."

라고 하였다.

그러자 그 사람이 대답하되,

"네. 그것은 별것이 아닙니다. 우리 집에는 나쁜 일 하는 사람들만 모여서 살기 때문에 싸울 일이 없는 것이고 당신 댁에는 무엇이나 잘하는 사람들만 모여서 살기 때문에 서로 싸움이 잦게 되는 것이겠지요."

라고 말했다.

이 말의 의미를 알아채지 못한 세 식구 사는 집주인은 민망한 듯이 또 말하기를

"그거 참 알 수 없는 말씀입니다. 당신 말대로 일곱 명이 다 나쁜 일만 한다면 더욱 싸움이 잦을 듯한 일인데 도리어 화목하다 함은 어떠한 의미인지요."

"네, 그 말이 그렇게 어려운 말은 아닙니다. 예를 들면 우리 집에서는 물 그릇 하나가 엎질러진다든지 무슨 그릇 하나만 깨어졌다 하더라도 여러 권속이 다 각각 '그것은 내가 그랬다,' '아니 내 부주의로 그랬다', '아니, 아니 내가 가져 오랬기 때문이다'라며 서로 서로 잘못된 일, 나쁜 일은 자기가 하였다고 말하니 그것을 보면 마치 나쁜 일 하는 사람들만 모인 것 같습니다. 그래서 아무리 잘못된 일이라도

서로 원망하는 법이 없으니 따라서 싸움할 일도 없게 되는 것입니다. 그런데 당신 댁에서는 그와 반대로 잘 하는 사람만 모여 무엇이나 잘못된 것은 다른 사람에게 미루고 탓하기 때문에 서로 다투게 되는 것입니다.

예를 들어 화로를 엎어버렸다고 합시다. 그렇다면 한 사람은 '왜 주의 없이 화로를 엎어뜨렸느냐?' 할 것이오, 또 한 사람은 '왜 화로를 사람이 다니는 길거리에 놓아 두었느냐?'고 할 것이며, 또 한 사람은 '그러면 화로를 사용하지도 말고 방에다 모셔두란 말이냐?' 하고 싸우는 등 하여간 서로 잘못한 것은 저 사람이오. 자기는 잘하는 사람이 되려 할 것이니, 무슨 일이든지 그렇다면 자연 불평과 싸움을 하지 않을 수 없게 될 것입니다.

다시 말하면 우리 집에서는 서로 다투어가며 나쁜 일은 내가 하였다고 하니까 싸움이 일어날 수 없습니다. 그런데 당신 댁에서는 서로 다투어 가며 잘된 일은 내가 하였다고 하고 잘못된 것은 남에게 미루니까 서로 싸우게 되는 것입니다."라고 하였다.

이 말을 들은 3인 권속의 주인은 그믐 칠야(漆夜)에 등불을 얻은 듯 새 정신이 들며 감탄함을 마지않았다. 그리고 자기 집에 가서 권속들에게 그런 말을 전한 후 자신이 솔선 실행하였다. 즉 무슨 일에서나 잘못된 것은 항상 자신이 담당하고 잘된 일은 다른 사람에게 양도함이 전 가족에게 확산되었다. 한 예를 들어 어느 날 남편이 우물 옆에 있는 나뭇가지를 치다가 그만 큰 가지를 떨어뜨려서 화독 위에 있는 대접을 깨뜨렸다. 그런즉 남편은 나무 위에서,

"아, 저런 나의 부주의로 일을 저질렀구나."

한즉 그 말을 들은 아내는 쫓아오더니,

"아니에요. 얼른 치웠으면 그런 일이 없었을 텐데, 그 대접은 제가 깨뜨린 것이외다."

하고 부부가 서로 잘못을 자기에게 지우고 있다. 이 말을 들은 시어머니는 안방에서 나오면서,

"아니다. 그것은 너의 잘못이 아니라, 나의 잘못이다. 너희는 여러 가지로 바쁜데 그런 것까지 치울 수 있겠느냐? 힘 드는 일도 아니니까 이 일 없는 늙은이가 할 것인데 내가 주밀치 못한 탓이니 이 대접은 내가 깨뜨린 것이다."

라고 하였다. 그로부터는 무슨 일이든지 그와 같이 하여 드디어 화락하고 원만한 가정을 이루었다.


소태산 대종사는 제자들에게,

"자기가 어리석은 줄 알면, 어리석은 사람이라도 지혜를 얻을 것이오. 자기가 지혜 있는 줄만 알고 없는 것을 발견 못하면 지혜 있는 사람이라도 점점 어리석은 데로 떨어진다."고 하였다.

정산종사는

"자기가 자기를 대우하지 못하나니, 남을 대우함이 자기의 대우가 되며, 자기의 공을 자기가 드러내지 못하나니, 남의 공을 잘 드러내어 줌이 자기의 공을 들어냄이 된다"고 하였다.

# 독심毒心이 변하여 양심良心으로

　　　　　　일본 어느 가정에서 있었던 일이다. 고부
간에 사이가 나빠서 항상 질시와 반목으로 나날을 보내는 집안이 있
었다.

　그래서 그 며느리는 견디다 못해 친정으로 가 있었으나 그에게는
어린 자식이 둘이나 있는지라 차마 더 있지 못하고 3일 만에 다시 돌
아와 본즉 두 어린 것이 어미를 찾아 울고 있었다. 하도 기가 막혀서
'이제는 어떠한 일이라도 참고 견디어 보리라.' 작정하고 사는데 그
시어머니는 더욱더욱 심하여 혹독을 가할 뿐 죽을래야 죽을 수도 없
고 살래야 살 수도 없는 형편이었다.

그래서 며느리는 생각하되 '내가 죽어버리자니 어린 것들이 불쌍하고 그대로 살자하니 도저히 살 수가 없다. 차라리 저 시어머니 한 분을 죽여 버리면 우리 네 식구의 생명은 편히 살수 있지 않은가? 그렇다. 아무도 모르게 감쪽같이 그래보리라. 결심한 후 여러 가지로 연구한 끝에 하루는 친히 아는 의사를 찾아가서,

"독약 한 봉만 주시오."

라고 간청하였다.

의사는 깜짝 놀라며,

"이 독약은 무엇에 쓰려합니까?"

고 물었다. 그 여자는 한참 주저하다가 자기 가정의 고부간의 불화 과정을 낱낱이 고한 후,

"이런 마음을 먹는 것이 잘못인 줄은 알면서도 부득이 할 수밖에 없으니 아무쪼록 불쌍히 여기어 한 봉 주시면 은혜는 잊지 않겠습니다."

라고 하였다.

그런즉 의사는 대단히 동정을 표하며 한참 무엇을 생각하더니,

"당신의 심정은 잘 알겠습니다. 그리고 독약 한 봉 드리기도 어려운 일은 아니외다. 그러나 나의 말을 들어보십시오. 인명이란 재천인 것인데, 사사私事의 망하는 마음으로서 산 부모를 독살한다는 것은 차마 못할 일일뿐더러 당신에게도 반드시 죄벌이 돌아올 것이외다. 만일 당신의 자식이 죽었다든지 당신이 미친다든지 한다면 그때에는 어떻게 할 참입니까? 더구나 발각이 되는 날에는 약을 준 나까

지 봉변당할 것 또한 사실입니다. 그러나 당신의 딱한 처지를 생각하여 내가 한 꾀를 일러 줄 것이니 꼭 내가 하라는 대로만 한다면 30일 내로 병사한 것 같이 당신 시어머니를 죽게 하여 줄 것이오. 만일 내가 이르는 말대로 못한다면 지금 독약은 못 주겠으니 알아서 하시오.

내가 하라는 것은 다름이 아니라 첫째 당신이 집에 가거든 그 시어머니에게 절대 복종하여야 할 것이니, 예를들면 무슨 일을 시킨다든지, 야단을 친다든지, 미워한다든지, 무리한 요구를 하든지 거기에 항의를 한다거나 불평을 갖지 말고 그저 공손히 '네, 네'하여 일생의 효성을 30일 동안만 꾹 참고 행하여 보십시오. 그런다면 그 동안에 나는 독약을 제조하여 서서히 먹이도록 할 것이니."

하였다. 그런즉 그 여자는 말하되,

"선생님, 말씀대로만 된다면 30일은 고사하고 50일이나 100일이라도 꼭 그대로 하겠습니다."

라고 하였다.

"그러면 되겠습니다. 지금이라도 어서 가서 당신 시어머니의 환심을 사도록 노력하여 보시오. 그리고 오늘은 우선 당신 시어머니가 가장 좋아하시는 과자를 사가지고 가서 어린아이도 주지 말고 살짝 가져다 드리고, 어떠한 역경에 놓인다하더라도 그저 네네, 하는 것을 잊어서는 안 됩니다."

고 하였다. 여자는,

"네. 잘 알았습니다."

하고 나와서 과연 과자를 사가지고 총총히 집으로 돌아간즉, 시어머니가 노기등등하여 벼르고 앉은 판이었다. 그래 이 여자는 조심스럽게 들어가서 사가지고 온 과자를 내어놓으며,

　"어머님이 즐겨하시는 과자가 있기에 조금 사가지고 왔으니 잡수어 보세요."

　라고 하였다. 그런즉 시어머니는,

　"이 불경기인 때에 계집년이 나가서 과자는 무엇 하러 이렇게 많이 사가지고 왔어. 그 돈으로 반찬거리를 샀으면 몇 끼 반찬이 될 터인데."

　라고 야단을 친다. 그러나 들은 체도 아니 하고 곧 방으로 들어가 옷을 갈아입고 나와 밥을 짓는다. 반찬을 장만한다 하여 가지고,

　"어머님 시장하신데 어서 진지 잡수십시오."

　라고 권하며 어린 자식들도 먹이고 부지런히 치운 후,

　"어머님 오늘 종일 어린것들 보아 주시느라 얼마나 괴로우셨겠습니까. 안마나 좀 하여 드리겠습니다."

　하고 어깨를 두드리거나 담뱃불을 붙여 올리는 등 갖은 정성을 다 들여 보았다. 그러나 시어머니는,

　"그만 두어. 내가 언제부터 무슨 호강에 안마야."

　하며 비위를 튼다.

　예전 같으면 곧 성이 나서 제방으로 가버렸겠지만, 그만 꿀떡꿀떡 참고 말대답 한 마디도 없이 시어머니의 자리를 펴고 어린 것들을 재우는 등, 그의 행동은 돌변하여 아주 딴사람이 되고 말았다.

그런즉 악독하던 그 시어머니도 다소 이상히 생각은 하였으나 여전히 얼굴은 펴지 않고 미운소리만 했다.

며느리는 내심 '오냐, 나의 고생은 30일 동안만이다. 악마 같은 늙은이, 어서 죽기 전에 원없이 극성을 떠시오. 그 동안 나는 죽은 셈치고 당할 참이오.' 하며 표면으로는 의사가 부탁한 대로 흔연히 무조건 '네, 네.' 하며, 부지런히 일하고 친절히 공경할 뿐이었다.

그 다음날도 일찌감치 일어나서 구석구석 청소를 한다, 밥을 차린다, 시어머니 세숫물을 떠다 놓는 등 닥치는 대로 모든 일을 얼마나 잘 하는지 트집을 잡으려 해도 잡을 것이 없게 되었다.

그와 같이 2,3일이 지난 후에 며느리는 동생 집에서 청한다고 핑계를 대고 곧 의사의 집으로 쫓아가서 시어머니와의 경과를 보고하였다.

그 말을 들은 의사는,

"잘 되었습니다. 그러면 오늘부터 약을 만듭시다. 이 속에는 적은 양의 독약이 들어 있으니 이 떡을 가져다가 그 시어머니께 드리시오."

하며 좋은 찬합에 떡을 담아서 주었다. 그리고 또 말하되,

"일전에도 말씀드렸거니와 30일 간 마지막이라 생각하시고 시어머니에게 정성을 다하여 만족을 느끼도록 하여야 합니다. 무엇이라고 하든지 그저 당신은 '네, 네.'라고만 대답하며 공손히 복종하여야 합니다."

라고 거듭 당부하였다.

"네, 잘 알았습니다. 참으로 감사합니다."

라고 인사를 한 후 자기 집으로 돌아가 본즉 시어머니는 역시 성이 나서 눈을 바로 안 뜬다. 그러나 못 본 체하고 그저 웃는 낯으로 그 앞에 가서

"이것은 동생 집에서 어머님께 드리라고 주어서 가져온 것이니 드셔보셔요."

라고 말하며 병원에서 가져온 떡을 시어머니에게 드렸다. 그런즉 조금 기색이 풀리며 집어먹는다. 그것을 본 며느리는 내심 '그저 한 달만 참고 견디어 보자. 아무리 극성을 떨어도 한 달 안에 끝이 날 테니까.' 하며 더욱 주의를 기울여가며 먹는 것, 입는 것, 거처, 혹은 간식거리까지 시어머니 마음에 들도록 주밀히 살피고 거두었다.

그리고 무엇이나 잘못된 일은 제가 하였다고 용서를 청하며 모든 일에 '네, 네.' 하여 순종할 뿐이므로 그 혹독하던 시어머니도 야단칠 거리가 없어지는 동시에 양심이 돌아오지 않을 수 없었다.

시어머니는 '참, 기괴한 일이다. 도무지 무엇 하나 나무랄 데 없는 저런 선한 며느리를 어째서 나는 미워하였던가. 더욱이 귀여운 손자를 키워주는 귀중한 며느리, 아! 실은 내가 극히 불량하였구나.' 하는 등 후회하는 생각이 들고 무서운 꿈을 꾸다가 깨인 듯 전신에 땀이 흐르며 본 양심이 회복되고 말았다. 그 양심의 광명은 며느리에게 비치게 되었으니 이제부터는 도리어 며느리의 환심을 사려고 애를 쓰게 되었다. 며느리가 밖에서 일을 하면,

"날이 추운데 그만 방으로 들어와 불을 쪼여라. 맛있는 음식도 주며 먹으라. 또는 자기의 비단 의복도 내어주며 맞게 고쳐 입으라."

하는 등 보통 친절이 아니었다.

그러는 동안에 며느리는 병원에서 독약 든 떡을 여러 번 갖다가 시어머니에게 먹였다. 며느리는 불량한 마음을 먹고 거짓으로 시어머니에게 친절하였건마는 시어머니는 거기에 감사하는 마음이 되어 그 악마같은 마음이 변한 것이다. 시어머니의 양심이 회복된 것을 보면서 며느리의 양심도 자연히 돌아와서 생각하되 '아, 저와 같이 선량하여지신 시어머니를 나는 왜 죽이려고 드는가. 만일 당신의 명으로 돌아가신다 하더라도 기가 막히겠거늘 독약으로 죽인다는 것이 그 얼마나 불량한 짓이냐. 아 과연 내가 잘못했구나. 어찌 죄벌이 없을까?' 하고 깜짝 깨치게 된 것이다.

사람의 마음에는 원래 선량한 마음이 있기 때문이다. 그래서 악마같은 시어머니와 그 시어머니를 죽이려던 불량한 며느리는 차례로 양심이 돌아오고만 것이다. 며느리는 곧 급히 의사에게 쫓아가 황황한 어조로 "선생님, 죽을 때라 금수 같은 마음을 먹었습니다. 이제는 깨쳤사오니 저의 시어머니를 살려주십시오. 해독제를 지어주셔야 하겠습니다."

라고 하였다. 의사는 깜짝 놀라며,

"그것은 알 수 없는 일이외다. 20일이나 공들이던 일을 어째서 그럽니까?"

하고 물었다.

"다름이 아니오라 전에는 시어머님이 너무나 혹독하여 살 수가 없어서 저도 그와 같이 불량한 마음이 나오더니 이제는 부처같이 선하여짐에 돌아가시면 못살 것 같습니다. 아무쪼록 먼저 드신 약의 독기 풀 약을 지어 주십시오."

라고 간청하는 것이었다. 의사는 여자의 양심이 확실히 돌아왔음을 보고,

"아, 참 천만다행한 일이외다. 걱정하지 마십시오. 내가 그 동안 드린 떡에는 결코 독약이 들어 있지 않았습니다. 내가 처음 당신 말씀을 듣고 '어떻게 하면 고부간에 화목하게 만들까?, 생각하던 끝에 그와 같은 꾀를 한번 써본 것인데 내가 생각한 일이 순조롭게 되었으니 다만 고마울 뿐이외다. 그러면 앞으로도 더욱 일심 정력을 다하여 모범적 효부가 되시기를 바랍니다."

라고 하였다. 그 여자는 너무도 감격하여 눈물을 흘리며 무수히 치하를 하고 생전 은인으로 대접하였다. 그리고 고부간에는 더욱 화목하여 재미있고 원만한 가정을 이루게 되었다고 한다.


우리 인간이란 당시 처지와 환경에 따라 악심도 나고 혹은 선심도 난다. 선도로 인도하는 사람이 있으면 선인이 될 수 있는 반면에 악인이 들어 악심을 조장하면 악인 되기가 쉬운 것이다.

소태산 대종사는 말했다.

"다른 사람을 바루고자 하거든 먼저 나를 바루고, 다른 사람을 가르치고자 하거든 먼저 내가 배우고, 다른 사람의 은혜를 받고자 하거든 먼저 내가 은혜를 베풀라. 그러하면 나의 구하는 바를 다 이루는 동시에 자타가 화합을 얻으리라."

# 살인죄보를 7년 후에

일본 메이지 초년에 요코하마 지방에서 있었던 일이다. 팔왕사八王寺 인근 어느 시골에서 생사장사명주실를 하는 상인 한 사람이 실을 팔아 돈을 가지고 오다가 여막旅幕에서 투숙하게 되었는데, 그 주인집에 마침 유흥 도박으로 돈을 잃고 돈에 환장한 악한 한 사람이 있었다.

그 상인이 돈을 가지고 있는 것을 알고 그 이튿날 그 상인이 가는 길목을 지키고 있다가 무인지경에서 칼로 상인의 등줄기를 쳐서 죽이고 거금을 강탈하여 한참 동안 음주도박으로 거들먹거리며 세월을 보내는데 어느 때에 그 아내가 태기가 있어 만삭이 되어 옥동자를 낳았다. 그래서 아내가 낳은 어린아이 목욕을 시키다보니 어깨줄기에 붉은 띠처럼 기다랗게 핏줄기가 부스럼 모양으로 뻗쳐 있었다.

보기에 흉해 씻어주고 약을 발라주어도 낳지 않아서 남편에게 약을 사다가 바르도록 부탁하였더니 남자가 와서 보게 되었다. 남편이 가만히 들여다보니 천상 얼마 전에 죽인 상인의 등줄기에 칼질한 것과 똑같아 보여서, 아! 이것은 죽은 생사장사가 원수 갚으러 태어난 것이지 이것이 참으로 자식 노릇할 자식이 아니라는 공포심이 왈칵 생겼다. 그래서 아내 몰래 틈을 타서 두 손가락으로 코를 꼭 쥐어서 질식시켜 죽여 버렸다.

그 이듬해에 또 남아를 낳았는데 그 아이는 두 손가락으로 코를 꼭 쥔 것 같이 코가 홀쭉하게 생긴 것이 어깨에도 붉은 띠를 떼어낸 것처럼 흔적이 완연하였다. 남자는 자기가 저지른 죄악의 과보인 것이 틀림없다는 생각이 들어서 다시는 죽일 용기가 나지 않았다.

그럭저럭 세월은 흘러서 상인을 죽인 지 7년만인 여름 어느 날 밤 늦도록 노름을 하고 술에 취해 집에 돌아오니 남포 불이 켜져 있는데, 그대로 두고 떨어져서 곤하게 잠이 들어버렸다. 다섯 살짜리 어린 아이가 자다가 일어나서 소변을 보러 나가다가 남포 불을 덮쳐버린 것이 그 아버지 몸에 기름이 쏟아지고 불이 붙어서 악한 아버지가 기름불에 끄슬려 죽어버렸다.

그날 밤이 바로 생사장사의 제삿날 밤이었다고 한다.


원수를 갚기 위해서는 가까운 인연으로 태어나서 원수를 갚는다.

멀리 떨어져 있으면 어찌 원수를 갚을 수 있겠는가.

은혜를 갚기 위해서도 가까운 인연으로 태어나 은혜를 갚는다.

현재 내 앞의 인연은 어떤 인연인가?

인과는 참으로 무서운 것이다. 쥐도 새도 모를 것 같지만, 어느새 소소昭昭 : 밝게 보임하게 드러나 자신의 잘못을 알리는가 하면, 그 누구도 모르게 선행을 했지만 반드시 선과善果를 맺는다. 그러니 세상이 모른다고 방심할 일이 아니며, 늘 자신의 양심에 비추어 떳떳하기에 노력해야 한다. 세상이 모른다 하더라도 자신의 양심이 알고 있지 않은가!

정산종사는 인과 관계를 상생의 인과, 상극의 인과, 순수의 인과, 반수의 인과 등 네 가지로 구별하였다. 상생의 인과는 선인선과로서 인과의 원리가 상생으로 수용됨을 이름이니, 그 인연이 서로 돕고 의지하여 모든 일을 원만히 성취하게 되는 좋은 인과요. 상극의 인과는 악인악과로서 인과의 원리가 상극으로 역용됨을 이름인 바, 그 인연이 서로 대립되어 여러 모로 미워하고 방해하는 좋지 못한 인과요. 순수의 인과는 자신이 좋은 발심, 좋은 희망, 좋은 서원 등을 세우고 정진하여 좋은 뜻 그대로 소원을 성취하는 등 순하게 받게 되는 인과법이요. 반수의 인과는 마음에 교만심이 많아서 남을 무시하고 천한 사람을 학대함으로써 도리어 자기가 천한 과보에 떨어지는 등 마음과는 반대로 받게 되는 인과법이다.

# 그 곳에 가보았는가

임유林類는 백 살에 가까운 노인이었다. 봄이 되었건만 겨울 털옷을 두른 채 밭두렁 사이의 무청을 주우며 흥겨이 노래를 부르고 있었다. 위나라로 가던 공자는 멀리서 논밭 사이를 오가는 그의 모습을 보고 제자 자공에게 말했다.

"저 노인은 범상치 않아 보이는구나. 어디 한 번 가서 말을 걸어보고 오거라."

자공은 노인에게 다가가서 탄식어린 어조로 말을 건넸다.

"노인장은 자신의 삶을 후회하지 않으십니까? 그 연세에 남루한 옷을 입고 무청을 줍는 일을 하시니 보기가 매우 딱하옵니다."

임유는 계속 무청을 주우면서 노래를 불렀다. 자공이 계속 되풀이해 묻자 이윽고 허리를 폈다.

"젊은이, 내게 무슨 후회가 있겠소."

"노인장은 분명 젊었을 때 학문도 기술도 닦지 않았고 입신출세를 위해 애쓴 적도 없으며, 의복을 챙겨줄 처자식도 변변치 않은 채 곧 수명이 다할 지경에 이르지 않았습니까? 그런데 뭐가 그리 즐거워서 무청을 주우며 노래를 부르고 계십니까?

"내가 낙으로 삼는 것은 누구에게나 다 낙이 될 수 있는 것이지. 다만 사람들은 그것을 거꾸로 걱정의 씨앗으로 만들고 있을 뿐. 나는 젊었을 때 학문을 닦는 일도 출세를 꿈꾼 일도 없기 때문에 이처럼 오래 살 수 있었지만 이제 내 나이 늙어 처자식도 없고 죽을 때도 멀지 않으니 즐겁지 않고 무엇이 즐겁겠나."

"오래 사는 것은 모두가 좋아하는 일이며, 죽는다는 것은 사람이면 누구나 가장 싫어하는 것입니다. 그런데 노인장께서는 그것을 즐겁다고 하시니 어떤 까닭으로 하시는 말씀입니까?"

"죽는 것과 태어나는 것은 가고 오는 것과 마찬가지지. 그러니 이 세상에서 죽는 것이 저 세상에서 태어나는 것 아니겠나. 이 세상과 저 세상 어느 쪽이 더 좋은 것인지는 알 수 없으니 지금 죽는 편이 이제껏 살아왔던 것보다 나을지도 모를 일 아닌가. 만약 그렇다면 악착스레 이 세상에서 살고자 함이 저 세상에서 보면 얼마나 어리석은 일이겠는가. 그대는 어찌 죽어보지도 않았으면서도 저 세상을 그토록 싫어하시나?"

자공은 돌아와서 공자에게 임유의 말을 전하였다.

"말이 통할만한 사람으로 보았더니 역시 틀림이 없었군."

이어 공자는 제자 자공에게 말하였다.

"사람은 누구나 살아있는 즐거움만 생각하고 그것이 고통스러운 것임을 생각지 않으며, 나이를 먹으면 몸이 약해지고 고달픈 것만 생각하고 그 편안함을 생각해 보려고도 하지 않으며 죽는 것이 나쁘고 끔찍한 것인 줄로만 알고 편안하게 쉬는 장소라는 것을 모르고 있다."


정산종사는 '평상심平常心 공부 잘한 이가 참 도인이니 빈부귀천, 고락간에 도심이 일관하여야 큰 도인이니라' 라고 했고, 옛 선사는 '평상심이 곧 도다.'라고 하였다.

죽어서 영혼이 가서 머무는 곳을 황천黃泉이라고도 한다. '黃'은 흙을, '泉'은 물을 뜻한다. 저승을 황천으로 비유하는 것은 모태회귀 현상일 개연성이 있다. 생물이 흙에서 나오듯이, 사람도 흙에서 나왔다는 생각일 것이다. 이는 지모사상地母思想과도 연결된다. 저승은 저 생生의 '생'이 '승'으로 바뀌었다. 이승은 이 생生이다. 저승을 어원에서 보면 죽어서도 삶生이 있다. 동양의 인생관에서는 이승과 저승이 서로 순환관계에 있다고 생각해왔다. 따라서 저승은 단순히 죽음의 땅이 아니라, 삶의 섭리가 비롯되는 삶의 근원지이다. 그러므로 삶의 뿌리인 저승에서 이승으로 나와 사람은 다시 그 뿌리로 돌아간다는 것이다. 즉, 저승은 인생의 시발점으로 상징된다.

# 개구리와 뱀이 유혹하다

해인사에서 있었던 일이다. 해인사 강원에서 공부하던 학인 스님들이 가을 수확 전에 잣나무 숲으로 잣을 따러 갔다. 그런데 그만 한 스님이 잣을 따다가 나무 밑으로 떨어져 숨이 끊어졌다. 그러나 그는 자신이 죽은 것을 알지 못했다. 일순 어머니가 생각났고 그 순간 이미 속가의 집에 들어서고 있었다.

그는 배가 고픈 채로 죽었기에 집에 들어서자마자 길쌈을 하던 누나의 등을 짚으며 밥을 달라고 했다. 그런데 누나가 갑자기 펄쩍 뛰며 머리가 아파 죽겠다는 것이다. 면목 없이 한쪽 구석에 서있는데, 어머니가 보리밥과 나물을 된장국에 풀어 바가지에 담아와서는 시퍼런 칼을 들고 내두르며 벼락같이 고함을 지르는 것이다.

"네 이놈 객귀야! 어서 먹고 물러가라!"

그는 놀라 뛰어나오며 투덜댔다.

"에잇, 빌어먹을 집! 내 생전에 다시 찾아오나봐라! 나도 참 별일이지. 중 된 몸으로 집에는 뭣 하러 왔나? 가자! 나의 진짜 집 해인사로……."

그가 다시 해인사로 가고 있는데 길옆 꽃밭에서 청춘남녀가 풍악을 울리며 놀고 있었다. 그때 한 젊은 여인이 다가와,

"스님, 놀다 가세요."

라고 유혹했다.

"중이 어찌 이런 곳에서 놀 수 있소?"

하고 사양하며 여인의 욕설을 뒤로 한 채 발길을 재촉하는데 이번에는 수십 명의 무인들이 활로 잡은 노루를 구워 먹으며 함께 먹기를 권했다.

그들도 뿌리치고 절에 도착하니 재齋가 있는지 염불소리가 들렸고 소리가 나는 열반당 간병실로 가니 자기와 꼭 닮은 사람이 누워 있는 것이 아닌가? 그를 보고 발로 툭 차며 '어서 일어 나거라' 하는 순간 그는 다시 이 세상으로 살아 돌아오게 되었다.

그가 슬피 울고 있는 어머니에게,

"왜 여기서 울고 계십니까?"

라고 묻자 어머니는

"네가 산에서 잣을 따다가 떨어져 죽지 않았느냐? 지금 장례준비

를 하고 있다.”

고 했다. 세상은 진정 일장춘몽이었다. 그가 다시,

“어제 누나가 아프지 않았습니까.”

라고 물었다. 어머니는,

“멀쩡하던 애가 갑자기 머리가 아파 죽겠다고 하여 바가지에 된장을 풀어버렸더니 살아나더라.”

고 했다. 문득 깨달은 바가 있어 그가 무인들이 노루고기를 먹던 장소에 가봤으나 그들의 자취는 없고 큰 벌집에 꿀을 따온 벌들이 열심히 드나들고 있을 뿐이었다. 다시 여인이 붙들던 곳으로 가보니 굵직한 뱀 한 마리가 똬리를 틀고 있었고 옆에 비단개구리들이 모여 울고 있었다.

‘휴! 내가 만일 청춘남녀나 무사의 유혹에 빠졌다면 분명 개구리, 뱀, 벌 중 하나로 태어났을 것이 아닌가?’ 하고 안도의 숨을 내쉬었다.

세상에 살아있는 모든 존재들이 두려워하는 것은 죽음이다. 인간이 만약 영원히 살 수 있다면……. 그러나 동서고금을 통틀어 그런 일은 아직 없었다. 태어난 존재는 그림자가 따르듯이 반드시 죽음이 찾아들고 생겨난 것은 멸한다. 죽음은 끝이 아니며 새로운 시작이다.

옛 성현들은 죽음을 ‘옷을 갈아입는 일’로 받아들였다. 옷을 오래 입어 낡았으니 새 옷으로 갈아입어야 한다며 죽음을 담담히 받아들였다. 마이카 시대인 요즘으로 말하면 헌차를 버리고 새 차로 바꿔 타는 것이 죽음이요 환생인 셈이다. 그럼 어떤 옷으로 갈아입고 어떤 차로 갈아타게 되는 것일까? 그 결정권은 나 스스로 지은 바 업이 쥐고 있다. 살아 생전에 내가 지은 행위, 내가 추구한 바를 좇아 인연 처를 구하는 것이다.

몸을 가지고 있을 때와 가지지 않았을 때는 분명히 다르다. 이승은 이승의 길이 있고 저승은 저승의 길이 있다. 그러기에 영가가 살아 있는 사람이 좋다고 손을 대어도 부작용이 나는 것이다.

자동차는 자동차의 길인 차도가 있고, 사람은 사람의 길인 인도가 있다. 배는 배의 길, 비행기는 비행기의 길이 있다. 자동차가 인도로 갈 때 사고가 나고 사람이 차도로 갈 때 사고가 나는 것과 같다. 살아있을 때와 죽은 후의 길이 각기 다르기 때문이다.

준비 없이 생을 마칠 때 착심이 있으면 바르게 보이지 않기 때문에 상전桑田 : 뽕나무밭이 벽해碧海 : 깊고 푸른 바다가 되고 벽해가 상전이 된다고 했다. 그리하여 벌떼가 무인으로 보였고 뱀과 비단개구리가 청춘남녀로 보인 것이다.

# 개와 함께 재 지내러 온 상주

해인사 영자전影子殿에 있었던 임환경林幻鏡
스님이 몸소 겪은 실화라고 한다.

어느 때인가 재를 올리는 한 상주가 흰색의 개* 한 마리를 데리고
왔는데, 그 개가 대청이며 법당 할 것 없이 사방으로 헤매고 절내를
더럽히며 돌아다니는 것이었다.

이에 환경스님은 상주에게 말하였다.

"상주가 아무리 체면이 없기로 이런 청정한 곳에 개를 데리고 와
서야 되겠습니까? 모르고 끌고 왔다면 개의 목을 매서라도 이렇게

까지는 못하도록 하는 것이 마땅한 일이 아니겠소!"

**❀ 개(犬)**

유교에서는 개에게도 사람과 같이 오륜(五倫)이 있다고 한다. 주인에게 덤비지 않는 것(不犯其主=君臣有義), 큰 개에게 작은 개가 덤비지 않는 것(不犯其長=長幼有序), 아비의 털빛을 새끼가 닮는 것(父色子色=父子有親), 때가 아니면 어울리지 않는 것(有時有情=夫婦有別), 한 마리가 짖으면 온 동네의 개가 다 짖는 것(一吠群吠=朋友有信)이다. 불교인이 개고기를 먹지 않는 것은 개고기를 먹고 산 속에 있는 사찰에 가면 개고기 냄새로 인해 호랑이에게 당할 가능성이 있기 때문이라는 속설과 함께 합천에 사는 이거인이 저승에 가서 눈이 셋 달린 삼목대왕(三目大王)을 만나 삼목대왕이 가르쳐준 대로 돌아와 법보(法寶)를 판에 새겨 세상에 전했다 하여 개는 삼목대왕의 환생물(還生物)이기 때문이라고도 한다. 또한 후대에 오면서 개가 조상의 환생이라는 뜻으로 개고기를 먹지 않는다는 설도 있다.

그러자 상주는 좀 어색한 표정을 지으며 말했다.

"이 개는 모양은 비록 개의 몸이로되 실은 바로 저의 모친입니다. 그러기에 함부로 다룰 수가 없어서 그리되었사오니 용서해 주십시오."

개를 보고 어머니라 하니 거기에는 반드시 곡절이 있으리라 여겨서 물었다.

"그게 무슨 말씀이오?"

상주는 한숨을 푹 쉬고 나서 그간의 전후사를 말하기 시작했다.

상주는 원래 경상도 지례地禮 사람으로 이름은 김재선金在善이라 했다. 부친은 일찍이 작고하시고 편모슬하에 살았으며 지난해에는 모친마저 세상을 떠났다는 것이다. 그 후 4개월쯤 지나서 집에서 기르던 암캐가 이 흰 강아지 한 마리를 낳았다는 것이다.

그런데 개가 자라면서 탐스럽고 매우 영리해서 그는 사냥개로 만들 양으로 하루는 개의 두 귀를 쨌더니 그날 밤 꿈에 돌아가신 어머니가 그에게 말하는 것이었다.

"에라 이 몹쓸 놈아, 어미를 알아보지 못하고 네가 어찌 내 두 귀를 칼로 쨌단 말이냐! 하기야 내가 지은 업보인데 무슨 말을 하겠느냐. 그 동안 너는 농사를 열심히 지어 살만해졌지만, 딸자식이 출가는 하였으나 못 사는 까닭으로 평소에 내가 너를 속이고 쌀과 천을 훔쳐내어 딸에게 주었느니라."

결국, 이 개가 어머니의 후신인 것을 안 김재선은 이 꿈을 꾸고 난 후 바로 개밥통을 새로 깨끗하게 만들어놓고 음식을 갖추어 사죄를 올렸다.

"소자가 잘못했습니다. 용서하여 주십시오."

그런데 그날 밤 다시 꿈을 꾸었는데 역시 어머니가 나타나서 말했다.

"모두가 내 잘못으로 죄보를 받아 좋게 태어나지 못하고 도리어 네 집의 개로 태어났으니 어찌할 도리가 없구나. 한 가지 소청이 있다. 전생에 그리 멀지도 않은 해인사를 한 번도 가보지 못한 것이 한

이 되는구나. 그러니 네가 내 원을 풀어주기 바란다."

그래서 할 수 없이 이렇게 염치불구하고 개를 데리고 왔다는 것이었다. 김재선은 환경스님에게 이와 같이 말하면서 너그럽게 헤아려 달라는 부탁을 했다. 환경스님은 그의 정성이 지극함을 가상히 여기고 큰 법당과 장경각을 두루 안내하니 개는 꼬리를 흔들며 기뻐하였다고 한다.

《삼세인과경》에서는 개나 돼지로 태어나는 것은 남을 속이고 해친 과보라고 했다. 소태산 대종사는 사람이 죽어 가까이에 태어나는 원인에 대하여 이렇게 설명하였다.

"염라국이 다른 데 있는 것이 아니라 곧 자기 집 울타리 안이며, 명부사자가 다른 이가 아니라 곧 자기의 권속이니, 어찌하여 그런가하면 보통 사람은 이생에 얽힌 권속의 사랑으로 인하여 몸이 죽는 날에 영이 멀리 뜨지 못하고 도로 자기 집 울안에 떨어져서 사람으로 태어날 기회가 없으면, 그 집의 가축이 되기도 하거나 그 집안에서 곤충류의 몸을 받기도 한다."

남을 속이고 해칠 뿐만 아니라 생전의 권속에 대한 애착으로 인하여 동물의 몸을 받을 수 있다는 것이다. 부모나 형제 친척이 그 집의 가축으로 태어나더라도 그 집안 사람들은 가축 이상으로 여기지 않기 때문에 내다팔든지 심하면 잡아서 자기들의 배를 채운다.

김재선의 어머니는 다행히도 선연善緣의 자식을 만나 천도의 길을 만났으니 다행이라 하겠다.

# 바보 영감의 술떡

옛날에 어수룩하기로 유명하고 돈 없기로 유명한 바보 영감이 있었다. 그는 마음 좋고 술 잘 먹고 떡을 좋아하지마는 돈이 한 푼 없으니 정월 초하룻날도 술 한 잔 먹을 수 없어서 입맛만 쩍쩍 다시고 있었다.

보기에 하도 딱해 그의 마누라가 이웃집에 가서 술지게미를 얻어다가 그것으로 넓적한 떡을 만들어주면서,

"여보 이것을 먹으면 술 먹은 것만큼 취할 것이니 어서 잡수시오."

하였다. 영감은 그것이나마 고맙게 여기면서 한 개 먹고 또 한 개 먹고, 또 먹고 먹고 몇 개나 먹었는지 수를 헤아리기가 어려울 정도로

많이 먹었다. 제강 떡이라도 하도 많이 먹으니 술기운이 올라서 얼굴이 붉어지고 신이 나서 어깨가 으쓱으쓱 해졌다.

'이만큼 취하였으니, 길에 나가더라도 누구든지 술 먹고 취한 줄 알지 제강 떡 먹고 취한 줄 아는 사람은 없겠지.' 하고 길거리에 나아가 비틀비틀 하면서 취한 걸음을 걸었다. 마침 그때 아는 친구 한 사람이 마주 오다가 동전 한 푼 없이 지내는 영감이 술이 굉장히 취한 것을 보고 이상히 여기면서,

"영감, 자네 굉장히 취했네 그려. 정월 초하루부터 좋은 수가 생긴 모양일세 그려." 하고 비행기를 태우니,

"아무렴, 취하고말고. 곤드레만드레 잔뜩 취했다네." 하고 흥청거리는 고로 '이놈이 꽤 허풍을 떠는구나' 생각하고 비웃느라고,

"허허, 정말 대단히 취했네 그려. 무엇을 먹고 그렇게 몹시 취했나."

하고 물으니 영감은 점점 신이 나서,

"응, 취하고말고. 술지게미를 흠뻑 먹고 취했다네."

이 말을 들은 친구는 어찌나 우습던지 허리를 펴지 못하고 웃으면서 도망갔다. 영감이 집에 돌아와서 마누라에게 그 말을 하니,

"아이고, 어리석기도 하오. 술지게미를 먹었다고 그러니까 남이 웃지요. 누가 묻거든 술을 많이 먹고 이렇게 취했다고 그래야지요."

하는지라. 영감은 그럴 듯이 듣고 손뼉을 치면서,

"옳지, 옳지. 이번에는 꼭 그렇지." 하고 그 길로 곧장 그 친구의 집에 찾아갔다. 큰일이나 난 것 같이 떠들면서,

"여보게 아까도 취했지만 지금도 몹시 취해서 죽을 지경일세."

"왜 그렇게 취했나."

"술을 많이 먹고 취했다네."

"술을 얼마나 먹었단 말인가."

"아홉 개나 먹었다네."

해서 또 속임수가 드러났다.

"하하하, 이놈아 어떤 놈이 술을 아홉 개나 먹는다더냐. 또 제강 떡을 아홉 덩이나 먹은 것이로구나."

이렇게 창피만 당하고 돌아와서 마누라에게 이야기하니,

"여보, 누군들 웃지 않겠소. 술을 아홉 개나 먹었다는 사람이 세상에 어디 있단 말씀이오. 다음에 만나거든 한 동이를 먹었다고 하시오."

이튿날이 되기를 잔뜩 기다렸다가 아침이 되니까 밥도 안 먹고 친구 집으로 뛰어가서,

"아이고, 오늘도 참말 굉장히 취해 죽겠는걸."

하였다.

"무얼 먹고 취했단 말인가?"

"술을 먹고 취했지."

"얼마나 먹었단 말인가?"

"얼마가 무엇인가. 한 동이나 먹었네."

친구가 그 말을 듣고 속으로 아내에게 배워가지고 왔구나 생각하고 한 번 더 묻기를,

"찬술을 먹었나 더운 술을 먹었나?"

영감은 쩔쩔매다가 한다는 말이

"화로에 석쇠 놓고 구어 먹었지."

하여 기어코 제강 떡 먹은 것이 들통나고 말았다고 한다.

거짓은 아무리 포장을 해도 거짓이며 진실은 아무리 왜곡해도 진실이다. 황금은 누더기로 포장을 해도 황금이며 똥은 비단으로 포장을 해도 똥일 뿐이다.

진나라 시황제가 죽자 환관인 조고趙高는 거짓 조서詔書를 꾸며 태자를 죽이고 어린 호해胡亥를 황제 자리에 앉혔다. 실권을 장악한 조고는 어느 날 자기편과 반대편을 가르기 위해서 황제에게 사슴을 바치면서 아뢰었다.

"이 말馬을 폐하께 바칩니다."

"어째서 그것을 말이라고 합니까. 그것은 분명 사슴입니다. 사슴을 가지고 말이라고 하다니요.指鹿爲馬"

"그러면 신하들에게 물으시지요. 사슴인지 말인지."

"좋소이다. 경들은 무엇으로 보이오?"

어린 황제의 물음에 조고가 두려웠던 신하들은 대부분이 말이라고 대답했다. 사슴이라고 직언한 사람은 조고에게 맞아죽었다.

이탈리아 갈릴레이가 "그래도 지구는 돈다"고 하였듯이 거짓은 거짓일뿐이며 사슴은 그래도 사슴일 뿐이다

# 뱀이 된 홍도비구

　　　　옛날 어느 절에 홍도라는 비구比丘* 스님이 있었다. 그는 수행을 매우 잘 하였으므로 모두 그를 선지식으로 추앙하였다.

　하루는 우연히 홍도스님의 몸에 병이 나 고통이 매우 심하였다. 그는 고통을 이기지 못해 혼자 짜증을 내고 괜히 신경질을 부리다가 그만 죽고 말았다.

　어느 날, 그 절 주지스님 꿈에 홍도스님이 나타났다.

　"나는 생전에 너무 많이 화를 내고 병중에 신경질을 부리다가 죽어 뱀이 되었는데 손이 없어 꼬리로 대중방 벽에 한 게송을 지어 놓았으니 여러 스님들은 이 글을 보고 진심瞋心 : 성내는 마음을 내지 마십시오."

하고 홀연히 사라졌다.

비구(比丘)

남자로서 사미계를 받은 지 3년이 지나고 만 21세 이상으로 '구족계(具足戒 : 빠짐없이 갖추어진 완전한 계)'를 받은 스님을 '비구'라고 하고 여자의 경우를 '비구니(比丘尼)'라 부른다. 사미계는 지켜야 할 계(戒) 조목이 열가지에 불과하지만 구족계는 250가지나 되며, 비구니계의 경우 더 많은 348가지나 된다. 비구니라는 말은 걸식하는 분 이라는 뜻으로 위로 부처님의 가르침을 구하고 아래로 신자들에게 걸식하기 때문이다. 걸식은 자신을 낮추는 수행방법의 하나이다.

주지스님은 꿈이 너무도 생생하여 이튿날 아침에 대중방에 갔더니 과연 홍도스님의 경계송警戒頌이 다음과 같이 적혀 있었다.

나는 옛날 비구가 되어 이 절에 있었는데
지금 받은 몸은 죄가 맺힌 뱀이로다.
가사 단정한 사람의 몸을 넘을지라도
진심瞋心을 못 끊으면 이 몸을 만나니
천당과 지옥이 오직 사람의 마음에 달린 까닭이다.

나는 다행히 불법을 만나고 사람의 몸을 받아서
다겁으로 오면서 부지런히 성불에 가깝더니
송풍취탑에 누워 병으로 고통하다가
한번 성을 내고 뱀의 몸을 받으니
이 몸을 부숴서 티끌을 만들지언정
평생에 다시는 진심을 내지 않으리.

원컨대 스님은 염부에 돌아가서
나의 형용을 말하고 뒷사람 경계하소.
진심을 끊으면 보리菩提 : 깨달음 · 지혜가 가깝다고
뜻은 있어도 입으로 말 못하니
꼬리로써 글을 써서 심정을 드러내네.
원컨대 그대는 이 글을 벽에 달아놓고
진심이 일어날 때 눈을 뜨고 보소서.
마음에 진심 없는 것이 하나의 보시布施요
입안에 진심 없으면 또한 향기 토하리
얼굴에 진심 없으면 참 공양이라
기쁠 것도 화낼 것도 없으면 이것이 진상眞常이라네.

성내는 마음 즉 진심瞋心은 탐하는 마음, 어리석은 마음과 함께 삼
독심三毒心의 하나로 화를 잘 내는 것으로 자기의 마음에 맞지 않으
면 미워하고 분하게 여겨 마음이 편하지 못하다. 화를 잘 내어 스스

로 초조 불안하여 죄악을 짓고 악도에 타락하게 된다.

정산종사가 제자들에게 최후 일념에 대하여 이야기하였다.

"어떤 선승이 소나무 밑에서 도를 닦는데 항상 솔가루가 떨어지는 것을 성가시게 여기더니 최후 일념 시에도 그 성가신 그대로 죽어서 후생에 독사의 몸을 받았다는 이야기가 있다. 일생을 선승으로 수도를 하였건마는 최후 일념을 성가시게 여긴 까닭에 그 착着으로 악도에 떨어진 경우이다."

최후 일념을 어떻게 갖느냐에 따라서 다음 생이 행복해지기도 하고 불행해지기도 한다. 그것은 마지막 한 생각이 내생의 종자요, 습관이 되기 때문이다.

그러나 최후일념을 청정히 하고 싶다고 다 되는 것은 아니다. 평소에 청정한 마음을 가지는 노력과 적공이 쌓일 때 가능하다. 이것, 을 아는 선지자들은 '평소 발등에 불이 떨어진 것처럼 부지런히 적공하라'고 당부하지 않았던가! 오늘도 내일도 적공 또 적공할 일이다.

# 한 번도 사람이 죽지 않은 집

죽은 자식을 안고 거리를 헤매는 가엾은 여인이 있었다.

"우리 아이를 살려 주세요. 우리 아이에게 약을 주십시오."

실성하다시피 한 여인은 이 마을 저 마을을 돌아다니며 만나는 사람마다 붙잡고 애원하였다. 사람들은 그 가엾은 여인을 위해 의논하였다.

'저 여인을 구할 수 있는 이는 부처님뿐이시다.'

마침내 여인은 부처님 앞으로 인도되었고, 부처님을 보자 여인은 다시 애원하였다.

"부처님 제발 이 아이를 살려 주십시오. 하나 밖에 없는 이 자식을 혼자 몸으로 금지옥엽 키웠는데, 그만 죽고 말았습니다. 부디 우리 아이가 살아날 약을 주십시오."

"오, 가여운 여인이여. 너의 귀여운 아기를 살릴 수 있는 약을 줄 테니, 마을에 내려가 오늘 해가 지기 전까지 겨자씨를 조금만 얻어 오너라. 단, 한 번도 사람이 죽지 않은 집의 겨자씨라야 하느니라."

여인은 아들을 살릴 수 있게 해준다는 말에 귀가 번쩍 뜨여 단숨에 마을로 내려와 집집마다 찾아다녔다.

"이 집안에서 사람이 죽은 일이 있습니까?"

"있다마다겠습니까. 부모님이 다 돌아가시고 몇 년 전에는 전염병으로 귀여운 자식을 잃었습니다."

"그렇다면 그 겨자씨를 받을 수 없습니다."

여인이 다른 집 문을 두드렸다.

"이 댁에서도 사람이 죽은 적이 있습니까?"

"그렇습니다. 그 전에는 말할 것도 없고 작년에 형님 내외분이 괴질로 세상을 떠나셨습니다."

사람들은 모두 자신이 맞이했던 죽음을 이야기하면서 슬픔에 잠겼다.

여인은 종일토록 이 집에서 저 집으로, 이 마을에서 저 마을로 헤매었건만 어느 한 집 사람이 죽지 않은 집을 찾을 수 없었다.

'아! 이런 것이 인간이로구나. 태어나면 반드시 죽게 마련인 것을……. 살아 있는 시간은 찰나에 불과할 뿐. 결국은 모두 저렇게 지

고 마는 것을……'

서산에 지는 석양을 바라보는 여인은 가슴 깊은 곳에서 인간에 대한 커다란 사랑이 고여 오는 것을 느낄 수 있었다.

여인은 안고 있던 아기를 양지바른 산기슭에 묻었다.


소태산 대종사의 제자 중 한 사람이 딸아이를 잃고 식음을 전폐하였다. 이를 본 소태산 대종사가 말했다.

"그렇게 딸이 보고 싶으냐."

"보고 싶어 견딜 수 없습니다. 한번이라도 보게 해주십시오."

소태산 대종사가 제자의 말을 듣고 말했다.

"죽은 딸을 보고 싶다고 어찌 볼 수 있단 말이냐. 사람은 한번 죽으면 그 육신으로 다시 태어날 수 없고 그 육신은 곧 썩어 버린다. 인간의 생로병사란 우주 자연의 이치인데 네가 그것을 거역하려고 하느냐!"

한번 오면 시일의 장단은 있을지언정 한번 가는 것은 우주 자연의 이치인 것을 어찌하랴.

# 큰 구렁이가 죽은 간장독

전북 장수에서 80여 년 전에 있었던 실화로, 방한근이라는 사람이 김중묵 법사에게 전한 이야기이다.

"인과因果의 세계가 참으로 멀리 있는 것이 아니더군요."

방한근 씨는 이렇게 말하고, 희고 길쭉한 이를 드러내 보이면서 빙그레 의미 있는 웃음을 지었다.

장수의 어느 마을에 최 부자가 살고 있었다.

어느 늦은 봄날이었다. 조금 쌀쌀한 기운이 감돌았지만, 하늘은 아주 맑디맑은 날이었다. 이런 날씨에는 간장독 뚜껑을 열어놓고 햇

볕을 쪼이기에 좋은 날이었다.

19살 먹은 최 부잣집 딸이 차례차례 간장독을 열어나가다가 한 간장독 속에서 큰 구렁이 한 마리가 빠져 썩어 있는 것을 발견했다.

"어머니! 이 간장독을 좀 보세요. 구렁이가 빠져 썩었어요!"

이 얘기를 들은 최 부잣집 노파는 조리로 썩어가는 구렁이를 건져 냈다. 그리고 이날 밤, 부엌일하는 아줌마를 불러서 이렇게 일렀다.

"동네에 가서 가을 품삯으로 진간장을 갖다 먹으라고 하소."

이 말을 옆에서 들은 최 부잣집 딸은 어머니가 하는 일을 간절히 만류했다.

"어머니, 이러시면 안 됩니다. 우리도 먹으면서 남을 주면 모르지만, 우리는 더러워 먹지 않으면서 남을 주면 어떻게 됩니까? 그냥 버립시다."

그러나 최 부잣집 노파는 듣지 않았다.

최 부잣집에서 가을 품삯으로 진간장을 먼저 준다고 하니, 동네 여자들이 많이 모여 들었다. 당시에는 조선 간장이 귀해서 여자가 하루 종일 일해야 품삯으로 겨우 간장 두 사발을 얻을 수 있었다. 그런데 최 부잣집에서 간장 담그기를 서너 번 해 3년 이상 묵은 맛좋은 간장인 겹장을 품삯으로 준다고 하니, 너도나도 몰려와 간장은 금방 바닥이 나고 말았다.

그해 가을이었다.

간장으로 준 품삯 일꾼으로 일찍 추수를 마친 최 부잣집에서는 철에 어울리지 않게 주룩주룩 쏟아지는 가을비를 아무런 걱정 없이 바라보고 있었다. 그런데 빗발이 더욱 굵어지면서 뇌성이 울리자 방 안에 있던 최 부잣집 노파는 무엇이 잡아당기는 것처럼 신발도 신지 않은 채 마당 한가운데로 걸어 나갔다.

이때였다.

'우르르 쾅!'

천지가 깨지는 듯한 천둥소리와 함께 번개가 일더니 마당 한가운데 서있던 최 부잣집 노파가 '픽!' 하고 쓰러졌다. 그리고 노파는 완전히 넋이 나가 버렸다.

그 순간 집안은 온통 난리가 일어났다. 노파는 방안에 옮겨놓은 얼마 후 의식을 회복했다. 그러나 하체가 마비되어 있었다. 결국 노파는 마비된 하체를 이끌고 고생고생하다가 결국 죽고 말았다.


소태산 대종사는 제자들에게 말했다.

"식물들은 뿌리를 땅에 박고 살기 때문에 그 씨나 뿌리가 땅속에 심어지면 시절의 인연을 따라 싹이 트고 자라나며, 동물들은 하늘에 뿌리를 박고 살기 때문에 마음 한번 가지고 몸 한번 행동하고 말 한번 한 것이라도 그 업인業因이 허공법계에 심어져서, 제각기 선악의 연緣을 따라 지은 대로 과보가 나타나나니 어찌 사람을 속이고 하늘을 속이리오."

사람이 주는 상벌은 유심有心으로 주게 되므로 아무리 공정하게 주려고 하여도 틀림이 있으나, 천지가 주는 상벌은 무심無心으로 줌으로 호리도 틀림이 없어 선악 간 지은 그대로 준다.

## 제4장

# 죽고 사는 것은
# 인연 따라 오는 일

# 장월평의 후신

청나라 강희제 때의 일이다. 헌현獻顯 땅에 사는 호유화라는 자가 반란을 꾀하였다. 모반은 거사 직전에 발각되었고 이에 따라 가담자는 삼족을 멸하는 참화를 입었다. 주동자 호유화의 아버지에 얽힌 일화이다.

유화의 아버지는 그 지방 제일의 부자였다. 인색하지 않았고 남 돕기를 무척 좋아했다. 그는 남들에게 홈 잡힐 만한 잘못은 거의 하지 않고 살았는데, 단 한 가지 사람들이 알지 못하게 범한 커다란 죄악이 있었다.

호씨의 이웃마을에 위로 큰딸과 아래로는 어린 아들 둘을 둔 장월평이라는 선비가 하나 살고 있었다. 그의 딸은 용모가 수려하기로 원근에서 짝을 찾을 수 없다는 평을 듣는 출중한 미모의 소유자였다. 그녀를 본 사람마다 가히 경국지색이라고 말했을 정도였다.

호영감은 그다지 악하지 않은 사람이었지만 장월평의 딸을 한번 본 후로부터 문제가 생겼다. 그는 그녀에 대한 욕망을 억제할 수가 없었다. 눈앞에 그녀의 모습이 아른거리면 제정신을 차릴 수가 없었다. 그녀를 손에 넣을 수 있는 방법이라면 무슨 일이라도 저지를 수 있을 것 같았다.

장월평에게 그의 딸을 소실로 달라고 했다가는 망신만 당하지 목적을 이룰 수 없을 것이라는 사실을 모를 리 없는 호영감은 그녀를 손에 넣을 수 있는 원대한 계획을 세웠다. 우선 장월평에게 은혜를 베풀기로 하였다. 그를 스승으로 모셔다가 자기의 집에 머물게 하며 극진히 대우하기 시작했다.

장월평의 부모는 요동에서 죽은 바 있었다. 그곳에 장례를 지낸 후 아직까지도 부모님의 유해를 고향으로 모시지 못하고 있는 장월평은 그것을 늘 슬퍼하고 있었다. 이 사실을 안 호영감은 장월평이 부모의 유골을 모셔올 수 있도록 경제적인 후원을 해주었다. 장지까지 마련해주니 장월평의 호영감에 대한 신망이 두터워질 수밖에 없었다.

장월평이 새로 부모를 모신 산소 옆에는 작은 밭 하나가 있었다. 그런데 웬일인지 새 산소가 만들어지면서 그 밭에서는 크고 작은 사건이 자주 발생하였다.

그러던 어느날 그 밭에서 시체 하나가 발견되었다. 신원을 알아본 결과 시신의 주인공은 평소에 장월평과 원한 관계에 있던 사람이었다. 장월평은 용의자로 체포되어 감옥에 갇히게 되었다. 모진 문초를 당하고 있는 터에 호영감이 백방으로 손을 써서 그가 무사하게 풀려 나오도록 해주었다. 두 번씩이나 큰 은혜를 입게 되니 장월평과 그 가족들은 호영감을 신처럼 우러르게 되었다.

일을 이쯤 진행시켜 놓은 호영감은 장월평의 부인이 딸을 데리고 친정으로 간 사이에 은근히 장월평의 의중을 떠보게 되었다. 그러나 앞길이 구만리 같은 미모의 딸을 영감에게 줄 수는 없다는 것이 장월평의 생각이었다.

여의치 않음을 알게 된 호영감은 기어이 큰일을 저지르고 말았다. 친정 간 장월평의 부인과 딸이 집으로 돌아오기 전에 방화를 저지른 것이었다. 장월평과 그의 아들들은 모두 불에 타 숨지고 말았다.

호영감은 자신이 저지른 방화에 의해 숨진 사람들의 장례를 훌륭하게 치러 주었다. 동시에 갑자기 변괴를 당하여 어찌할 바를 모르고 있는 모녀를 정성껏 돌보며 그들을 위로하는데 각별히 신경을 썼다. 그 동안 기다릴 대로 기다렸던 호영감은 마침내 본색을 드러내기 시작하였다.

그는 장월평의 아내에게 말했다.

"딸을 내게 주면 남부럽지 않게 호강을 시켜주겠소이다. 이는 여러 사람 좋은 일이올시다. 우선 내가 좋고 따님도 평생 호의호식할 테니 좋고 부인에게서도 노후 걱정을 하시지 않아도 될 테니 좋은 일이 아니겠습니까?"

장월평의 아내는 어이가 없고 기가 막혔지만 거절할 만한 용기가 나지 않았다. 만약 호영감의 제안을 내치면 무서운 핍박이 뒤따를 것만 같았다. 이러지도 저러지도 못하고 있는데, 그녀의 꿈에 죽은 남편이 현몽하여 딸을 호영감에게 시집보내라고 하였다.

그녀는 비로소 결단을 내려 호영감의 제안을 받아들였다. 장월평의 딸은 호영감의 후실이 된 지 1년 만에 사내아이를 낳았다. 그녀는 아들을 출산하고 얼마 후 젊은 나이에 세상을 떠났다. 호영감은 갖은 모략으로 겨우 장월평의 딸을 손에 넣었지만, 그녀로부터 아들을 하나 얻은 것 이외에 별 재미나 영화를 누려보지 못한 셈이었다.

더구나 장월평의 딸로부터 얻은 아들이 바로 삼족을 멸하는 화를 일으킨 호유화였던 것이다. 그 호유화가 장월평의 후신이 아니었을까 여기고 있다.

탐하는 마음, 화내는 마음, 어리석은 마음 이 세 가지를 일러 삼독심三毒心이라고 한다.

이 중에서 욕심에서 생기는 장벽이 탐심貪心이다. 이 욕심이 한번 가로막으면 부모도 모르고 형제도 모르고 이웃도 모르고 예의염치도 알지 못한다. 이 욕심은 눈을 바르게 보지 못하게 하고 아무리 좋은 교훈도 들리지 않게 한다.

〈법화경〉에 '모든 고의 원인은 탐욕貪慾이 근본이 된다'고 하였다.

# 맹상군의 통곡

춘추전국시대에 맹상군孟嘗君*이라는 제후가 자신의 생일을 맞아 호화로운 잔치를 베풀었다. 높은 권세에 넘치는 재물을 가진 맹상군은 상다리가 휘어지도록 음식을 차렸고 손님들이 들고 온 선물은 방안을 가득 채웠다. 아름다운 풍악과 미희들의 춤을 감상하며 더없이 유쾌해진 맹상군은 술잔을 높이 들고 말했다.

"좋다. 정말 좋구나! 이렇게 좋은 날, 나를 슬프게 만들 수 있는 사람이 있을까? 만약 나를 슬픔으로 눈물 흘리게 할 수 있는 자가 있다면 그에게 후한 상을 내리리라."

중국 전국시대 제(齊)나라의 재상을 지낸 전문(田文)의 호이다. 온 천
하의 현명한 인재를 초대하여 항상 수천 명의 식객(食客)이 문중에
있었다. 한때 그가 진(秦)나라 소왕(昭王)에게 죽게 되었을 때 식객
가운데 개를 가장하여 남의 물건을 잘 훔치는 사람과 닭 울음소리
를 잘 흉내내는 사람의 도움으로 위기에서 빠져 나왔다. 이로부터
비굴하게 남을 속이는 재주, 또는 그런 재주를 가진 사람을 일러
계명구도(鷄鳴狗盜)라는 말이 생겼다. 맹상군은 후에 위(魏)나라의 재
상을 지내기도 하였다.


그때 한 장님이 앵금을 들고 맹상군 앞으로 나왔다.

"비록 재주는 없으나 제가 한번 해보겠습니다."

"좋다. 어디 한 번 해보아라. 재주껏 나를 슬프게 만들어 보아라."

장님은 줄을 가다듬은 후 앵금을 타기 시작했다.

처음에는 천상天上의 소리처럼 아름다운 선율로 시작되었으나 점
차 지옥을 헤매는 듯한 고통스러운 음률로 바뀌어갔고 이윽고 사람
의 애간장을 녹이는 듯한 연주가 이어졌다. 모두들 넋을 잃고 앵금
연주에 빠져들었을 때 장님은 노래를 부르기 시작했다.


빈손으로 왔다가 빈손으로 가나니

세상의 모든 일 뜬구름과 같구나.

무덤을 만들고 사람들이 흩어진 후

적막한 산 속에 달은 황혼이어라.

노래가 끝나는 순간 장님이 앵금을 세게 퉁기자 줄이 탁 끊어졌고, 앵금 줄이 끊어지는 소리와 동시에 맹상군은 통곡을 했다. 인생의 무상함이 저절로 사무쳐오면서 마치 평생을 살 것처럼 행동해온 자신의 삶이 헛되기 그지없었다. 그날 이후 맹상군은 커다란 식당을 만들어 매일 아침 천 명에게 국밥을 제공하였다. 그 국밥은 누구든지 와서 먹을 수 있었으며 천 명의 식객이 먹는 소리는 20리 밖에까지 들렸다고 한다.

조선 선조 때 사람인 박인로는 자경문自警文의 끝부분에서 이렇게 노래했다.

해가 뜨고 지는 것은 늙음을 재촉함이요
달이 오고 가는 것은 세월을 재촉함이라.
명예와 재물은 아침 이슬이요.
영화롭고 괴로운 일 저녁 연기로다.

간절히 도 닦기를 권하노니
어서어서 부처되어 중생을 건지라.
이생에 나의 말을 듣지 않으면
오는 생에 반드시 한탄하리라.

# 죽은 아내와 함께 사는 할아버지

충남 태안군 이원면에 살고 있는 김 씨 할
아버지는 한창 바쁜 농번기에도 농기구를 가지고 논으로 가지 않고
집 뒷산으로 올라간다. 그 할아버지는 성격이 칼칼한 편이나 정력적
인 동안童顏으로 아직도 혈색이 좋다. 젊어서는 난봉깨나 피웠을 성
싶지마는 어려운 것을 모르고 한평생을 지냈으니, 늙어도 버젓이 점
잔을 빼고 남에게 굽히려 들지 않는 고집이 있었다.

이러한 김 할아버지가 하루에도 몇 번씩 뒷산에 있는 아내 산소에
가서 정성을 들인다. 그래서 그런지 산소 주변에는 노란 들꽃이 환
하게 가득 피어 있었다. 김 할아버지가 산소 주변에 들꽃을 정성스

럽게 돌보는 것은 그의 처가 살아생전에 계절마다 바뀌는 이름 모를 들꽃들을 아주 좋아해서라고 했다.

젊은 시절 김 할아버지는 철이 없어 밖으로만 돌아다녔다. 그의 처가 죽던 날도 술집에서 질펀하게 한 잔 하다가 동네 사람들 손에 이끌려와 아내 임종을 맞았다.

그의 아내는 마지막으로 눈을 감으면서,

"아이들이 아직 너무 어리니 좀 더 큰 후에 새장가를 가시오. 그렇지 않으면 내가 뱀이 되어 당신을 괴롭히겠소."

라고 눈물을 흘리며 유언을 남긴 뒤 죽었다.

그러나 김 할아버지는 아내 유언을 대수롭지 않게 여기고 할머니 장례를 치르자마자, 곧바로 섬마을 처녀에게 새장가를 들었다. 그것도 죽은 조강지처와 첫날밤을 지냈던 방에서 또다시 첫날밤을 보내게 되었다.

신랑 신부가 서로 마주 앉아서 잠잘 준비를 하고 새색시 옷고름을 푸는데 이상하게 천장에서 자꾸 바삭바삭 거리는 소리가 들렸다. 꼭 이빨 가는 소리같았다. 그래서 하던 동작을 멈추고 서까래 쪽에 호롱불을 갖다대고 보았더니, 아니 글쎄, 몸뚱이는 까맣고 눈이 빨간 뱀 한 마리가 혀를 낼름거리며 쳐다보고 있지 않은가.

이를 본 순간, 새색시는 놀라서 비명을 지르고 기절을 해버렸고 김 할아버지는 그때서야 죽은 아내가 한 유언이 생각이 나, 온몸이 섬쩍지근하여 얼른 마당으로 뛰어나가 작대기로 뱀을 잡아 죽인 뒤 짚불 위에 태워버렸다.

이렇게 첫날밤의 소동이 있은 뒤 새색시가 있는 곳이면 어디든 항상 뱀이 나타났다. 밥을 하는 부엌에서 솥뚜껑을 열면 그 속에 뱀이 몸뚱아리를 칭칭 감고 있기도 하고, 개울가에 가서 빨래를 하면 어디서 나왔는지 모르게 어김없이 물가에 나와 꿈틀거리고 있더라는 것이다. 심지어 속옷을 갈아입으려고 서랍장을 열면 그곳까지 어떻게 들어갔는지 모르게 그 안에 들어가서 똬리를 틀고 있어 놀라게 한다는 것이다.

뱀이 나올 때마다 동네 사람들과 집안 식구들이 많이 죽였지만 아무 소용없이 줄기차게 나타났다는 것이다.

도대체, 뱀이 얼마나 심하게 나오던지 밥 먹을 때도 나오고 화장실에 가도 나오고 특히 밤에 잠자리를 하려면 더욱 심해 도저히 잠자리를 할 수가 없어서 새색시가 그만 살지를 못하고 무서워서 도망가고 말았다.

참으로 신기한 것은 새색시가 집을 나간 뒤부터는 그렇게 많던 뱀이 한 마리도 나타나지 않더라는 것이다.

이러한 일이 있고 난 뒤부터 김 할아버지는 조강지처한테 너무 잘못했음을 크게 뉘우치고 지금까지 혼자 살고 있다고 한다. 또한, 김 할아버지는 할머니에 대한 참회하는 마음으로 멀리 떨어져 있던 산소도 집 뒷산 양지바른 곳으로 바로 이장하고 계절이 바뀔 때마다 아내가 좋아했던 들꽃을 다른 시장까지 가서 구해다가 심고 가꾼다고 한다. 물론 다른 곳으로 이사도 못가고 한평생을 옛날 집 그대로 살면서 말이다.

지금도 할아버지가 하루라도 산소를 찾아가지 않으면 할머니가 꼭 꿈에 나타난다고 하면서,

"아, 글쎄, 우리 내외는 아직도 같이 살고 있다니까유."

라고 말한다는 것이다.

살아 있는 사람의 길과 죽은 사람의 길은 분명히 다르다. 할아버지뿐만이 아닌 할머니도 자신이 가야 할 길을 가지 못하는 것은 크나큰 고통이며 악업을 짓는 일이다. 진정 참회하고 할머니를 위하는 길은 해원상생과 선도수생을 위해 간절히 천도를 해주어야 한다.

천도재薦度齋는 열반인의 명복을 빌고 불보살께 제사를 올려 영가로 하여금 진급하고 선도에 태어나도록 기원하는 의식이다.

흔히 49재라고도 한다. 그러나 천도재는 열반한 지 오래된 영가를 위한 경우도 있고, 업장이 두터운 경우에는 몇 번을 올리는 경우도 있다.

할아버지가 해야 할 일은 할머니 묘지를 찾는 일이 아니라 할머니를 위해 천도축원을 올리는 것이 바른 길 이리라.

# 장로의 며느리

서울 연건동에 '박 장로' 라는 사람이 있었다. 그의 집안은 열렬한 기독교 신자였다. 박 장로에게는 아들이 한 명 있었다. 아들은 장래를 약속한 애인을 두었는데, 공교롭게도 아들의 애인은 불자佛子 가정에서 자라난 처녀였다. 박 장로는 종교가 다른 처녀를 며느리로 맞이하고 싶지 않았으나 아들이 그녀가 아니면 절대로 결혼하지 않겠다고 우겼기 때문에 마지못해 허락하였다.

며느리에게 병이 난 것은 결혼을 한 지 1년 정도 지났을 때였다. 우연히 아프기 시작하더니 좋다는 약을 다 쓰고 병원에 입원 치료까지 시켜보았으나 모두 효험이 없었다.

교우들이 다 모여 기도를 하고 찬송가를 부르며 마귀를 쫓아내기 위해 법석을 떨어보아도 효험이 없기는 마찬가지였다. 안수 기도도 소용이 없었다.

며느리의 병은 날이 갈수록 깊어만 갔다. 박 장로는 한숨을 내쉬며 며느리에게 말했다.

"너 무슨 하고 싶은 말은 없느냐?"

며느리가 대답했다.

"아버님께서 그렇게 물으시니 말씀드리겠습니다. 저의 친정집은 대대로 불교 집안으로서 길흉 간에 크고 작은 일이 있을 때마다 절에 가 부처님께 불공을 드렸습니다. 그러면 무사히 넘길 수가 있었습니다."

"……."

"얼마 전에 저의 친정어머님께서 절에 찾아갔더니 스님께서 말씀하시길 이 집안에 익사한 원귀가 있으니 그를 천도해 주어야만 저의 병이 나을 것이라 하셨답니다. 그러나 기독교 신자 집안이므로 그 말이 통할 수 없는 일이라 감히 말씀을 드릴 수가 없었습니다. 천도재를 말씀드리면 미신이라고 일축해 버리실 것도 같았고……."

며느리의 말을 들은 박 장로는 눈을 감고 조용히 생각에 잠겼다. 아닌 게 아니라 보통 일이면 미신이라고 일축하여 버리겠는데 거의 사경에 이른 며느리의 말이니 그를 외면했다가 행여 잘못되기라도 하는 날이면 그것이 천추의 한이 될 것 같았다. 생각이 이에 미치자 내키지는 않았지만 죽은 사람 소원도 들어준다는데 어찌 며느리의 소원을 외면할까 싶어 결단을 내렸다.

"알았다. 네 소원이라면 천도재를 올려주기로 하자."

이렇게 하여 큰 스님을 청해다가 천도재를 올려주었더니 과연 거짓말처럼 병이 나았다고 한다.

생사가 육신을 통하여 넘나드는 현상계에서는 주고받는 인과가 다람쥐 쳇바퀴 돌듯 한다. 선과 악에 따라 밝고 어두움이 있듯 천도를 시켜줄 부처님이 시방삼세에 계시고 천도를 받고자 하는 영가가 분명히 있게 마련이다. 그러므로 7·7재도 지내고, 100일재도 지내게 되는 것이다.

천도薦度란 영가로 하여금 괴로움을 떠나서 즐거움을 얻고 악업을 끊고 선업을 짓게 하며 무명 번뇌에서 벗어나 깨달음을 얻게 하자는 것이다.

나고 죽음의 관계

욕식생사비 차장영수비　欲識生死譬 且將永水比
영결즉성영 영소반성수　永結卽成永 永消返成水
기사필응생 출생환부사　己死必應生 出生還復死
영수불상상 생사환쌍미　永水不相像 生死還雙美

나고 죽음 관계를 알고자 하면

물과 얼음 비유로 설명하더이다.
물이 얼면 곧 얼음 이루고
얼음 녹으면 도리어 물이 된다.
이미 죽었으면 반드시 날 것이요.
이미 났으면 반드시 죽으리니,
물과 얼음 서로 해치지 않는 것처럼
남과 죽음 모두 다 아름다워라.

—한산시(寒山詩)—

# 복 많은 막내딸

　　　　　옛날에 한 부자가 딸만 일곱을 두었다. 그
는 딸들을 좋은 옷과 음식으로 정성들여 잘 길렀다.
　그러던 어느 날 부자는 딸들을 불러 놓고 물었다.
　"너희들은 지금 누구 복에 잘 먹고 잘 입는다고 생각하느냐?"
　그러자 딸들이 대답했다.
　"아버지가 복이 있어 그 덕택에 우리가 잘 사는 거지요."
　그런데 막내딸은 정반대의 말을 했다.
　"자기 복은 자기가 타고난다고 생각합니다. 그러므로 제 복에 잘
지내는 것이지요. 돈 많은 아버지를 만난 것도 제 복이니까요."

부자는 막내딸의 말이 괘씸하게 들렸다.

"그래? 그렇다면 이 아비를 떠나서도 잘 살겠구나."

부자는 은근히 화가 나서 막내딸을 내쫓아 버렸다. 막내딸은 울면서 쫓겨났다. 그래서 오갈 데 없는 거지가 되었다. 그렇게 거지가되어 돌아다니다가 역시 거지를 만나 결혼을 했다. 이들 거지 부부는 산골로 들어가 숯을 구우며 살았다. 두 사람은 부지런히 일을 했다.

어느 날 막내딸은 남편이 숯 굽는 곳으로 점심을 이고 갔다. 남편은 숯을 굽는 굴 아궁이 앞에서 땀을 뻘뻘 흘리며 일을 하고 있었다.

순간 막내딸은 깜짝 놀랐다. 숯을 굽는 굴 아궁이를 받치고 있는큰 돌 하나가 순금덩어리였다.

"이건 금덩이요!"

막내딸이 놀라며 말했다.

"금이 그렇게 생긴 거요? 나는 그저 돌인 줄로만 알았는데."

남편은 깜짝 놀라 아궁이를 받친 금덩이를 뽑아냈다. 그리고 그금덩이를 조금씩 떼어다 팔았다. 그래서 두 내외는 부자가 되었다.

"이제는 제가 숯을 구울 테니 당신은 공부나 하세요."

생활이 넉넉해지자 막내딸은 남편에게 글을 배우도록 권했다. 그래서 남편은 선생님을 찾아다니며 글을 배웠다. 남편은 재주가 남달라서 가르쳐 주는 대로 모두 익혔다.

그렇게 공부를 시작한 지 10년이 되던 해였다.

"이제 공부를 했으니 과거를 봐야 하지 않겠습니까?"

이렇게 하여 서울로 과거를 보러 가게 되었다. 남편은 아내가 주는 노자를 가지고 과거를 보러 서울로 떠났다. 그는 이 과거에서 장원급제하여 벼슬길에 오르게 되었다.

남편은 돌아와 벼슬살이를 떠나기 전에 마을 사람들에게 큰 잔치를 베풀었다. 막내딸은 이 잔치에 아버지를 모셨다. 아버지는 막내딸을 보자 기뻐했다. 막내딸도 아버지를 만나 원망하는 기색 없이 한없이 기뻐했다.

"네 말이 맞다. 제 복은 제가 타고난다는 네 말이 맞다. 거지 남편을 만나도 잘 되는 너를 보니 말이야."

아버지가 말씀하셨다.

"아버지, 그렇지 않아요. 제 생각이 틀렸다는 걸 알았어요. 복은 타고나는 게 아니라 자기가 만들어 가는 거예요. 부지런히 일하면 복이 오고 게으르면 달아나는 걸 알게 됐어요."

막내딸은 어른스럽고 의젓하게 아버지께 말씀드렸다.


과거 생에 지어 놓은 것이 현생에 중요한 역할을 한다. 사람이 제가 지어 놓은 것이 없으면 내생에 아무리 잘되기를 원하여도 그대로 되지 않는다.

현생에 받는 것을 보면 과거 생에 지은 것을 알 수 있다고 했다. 그러나 과거 생에 지은 것이 움직일 수 없는 족쇄가 되어 각본대로만 살아지는 것은 분명 아니다. 지난 과보가 현생을 전부 지배한다면 복을 많이 지어놓은 사람이 현생에 노력하지 않고 가만히 앉아 있어도 되는 것일 것이다. 감나무 아래 입만 벌리고 감이 입 속으로 떨어져 주기를 바라면 되는 것이다. 그러나 그것은 분명 아니다.

위의 이야기에서 막내딸이 복은 타고 나는 것이 아니라 자기가 만들어 간다고 했다. 맞는 말이다. 그러나 정확하게 말하면 복이나 죄는 지은 바에 의해 타고난 것을 바탕으로 자기가 만들어가는 것이다.

# 분별없는 처녀의 마음

어느 산골에 예쁜 처녀가 살고 있었다. 그 처녀가 시집갈 나이가 되었으나 마땅한 신랑감이 나서질 않아 조바심내고 있었다. 그러던 어느 날 어떤 총각 장군이 이 처녀의 이야기를 듣고 결혼을 하자고 찾아왔다.

이 처녀는 그 말을 듣자 여태까지 나선 신랑감보다 훨씬 좋은 자리라고 생각하고 결혼을 승낙했다.

그런데 바로 이튿날이었다. 나라에서 제일가는 부잣집 아들이 또 이 처녀 이야기를 듣고 결혼하기를 청해 왔다. 처녀는 어제 온 장군보다 더 잘 생기고 돈도 많은 부잣집 아들이 더 마음에 들었다. 그래서 처녀는 어제의 약속을 저버리고 부잣집 아들과 결혼하기로 했다.

그런데 또 그 이튿날이 되자 나라의 왕자가 찾아와 역시 그 처녀와 결혼하기를 청했다. 처녀는 또 어제의 약속을 저버리고 그 왕자와 결혼하기로 했다. 왕자라면 장차 임금이 될 몸이기에, 장군이나 부자 따위는 비교도 안 될 좋은 자리였기 때문이었다.

처녀는 이미 결혼을 하겠다고 약속한 뒤라 어떻게 해야 좋을지 몰라 고민하다가 자신의 마음을 주체할 수 없어 결국 자살의 길을 택하고 말았다.

그 뒤 이 처녀의 무덤 위에 한 송이 꽃이 피어났는데 이상하게도 꽃잎은 왕자의 왕관을 닮았고, 꽃술은 부자의 돈을 닮았고, 꽃 대궁은 꿋꿋하여 장군을 닮았다.

이 꽃이 바로 오늘날 할미꽃*이다.

❀ 할미꽃

다년생 식물 초본으로 우리나라 전 지역에 분포하며 4~5월에 꽃이 핀다. 곁에 백색 털이 있어 이 백색 털로 덮인 열매의 모습이 할머니의 흰머리 같기 때문에 할미꽃이라 부른다. 할미꽃과 관련된 설화는 다양하게 전한다. 그러나 우리나라에 전하는 대표적인 설화는 이러하다. '어느 할머니가 두 손녀를 키우는데 큰 손녀는 얼굴이 예쁘나 마음씨가 좋지 않고, 작은 손녀는 마음씨는 고왔으나 얼굴이 못생겼다. 큰 손녀는 부잣집으로 시집가고 작은 손녀는 가난한 집으로 시집을 갔다. 큰 손녀가 체면으로 할머니를 모셔갔으나 굶

주리는 등 잘 돌보지 않아 서러워 작은 손녀를 찾아 산을 넘어 갔다. 할머니는 산길을 가다 기진맥진하여 쓰러져 죽고 말았다. 작은 손녀가 할머니의 시신을 수습하여 뒷동산 양지바른 곳에 모셨다. 할머니의 넋이 할미꽃이 되어 피었다.'

누가 처녀에게 돌을 던질 수 있을까? 어찌 보면 당연한 욕심이고 번민일 것이다. 사람에게 오욕五慾 : 색욕, 재물욕, 음식욕, 명예욕, 수면욕 자체가 좋고 나쁜 것이 아니다. 그러나 분수 이상 욕심을 내면 죄고로 화化하고, 분수에 맞게 구하고 수용하면 복락이 된다.

# 연산군의 함구령

　　　　　　　어느 시대를 막론하고 독재정치를 일삼는
폭군은 세상의 여론을 억제해야만 제 마음대로 선비와 백성들의 불
평불만을 표면상으로나마 방지할 수 있었다.

　폭군으로 악명 높은 연산군*이 뜻있는 선비와 백성의 언론 자유
를 극도로 탄압한 것도, 그로서는 오히려 당연한 소행이었을 것이다.

　연산군은 천하의 색광이었다. 그는 팔도 방방곡곡에 미인을 잡아
들이라는 칙명으로 뚜쟁이를 보내어 반반한 여자는 모조리 잡아들
였다. 그리고 그들 뚜쟁이의 관명을 채홍사採紅使 또는 채청사採靑使
라 했다.

성종의 맏아들로 재위기간은 1494~1506년이다. 즉위한 후 폐비윤
씨 연산군의 생모가 성종의 후궁 정씨, 엄씨의 모함으로 내쫓겨서
사사(賜死)되었다는 사실을 알자 정씨 소생을 살해하고, 윤씨 사사
에 관련된 선비를 대량 학살하였다. 원각사(圓覺寺)를 기생 양성소로
만들고 민간 여자들을 함부로 잡아들였다. 연산군의 시정을 공박
하는 투서가 국문(國文)으로 되었다 하여 국문을 아는 자는 모두 잡
아들이고 한글 서적을 모두 태워버렸다. 악정이 심해지자 1506년
중종(성종의 차자)반정이 이루어져 추방되었다가 그해 병으로 죽었다.

팔도에서 강제 징발한 여자들은 대궐 안에 마련된 음궁인 연방원
聯芳院과 함방원含芳院에 두고 밤낮으로 즐겼다. 그래서 국고의 재물
이 그의 유흥비로 탕진되었고, 그 재원을 보충하기 위해 백성의 고
혈을 착취했다. 또한 성균관의 공자 위패까지 팽개치고 유림들을 추
방한 뒤에 주지육림酒池肉林*의 장소로 사용하기도 했다.

❀ 주지육림(酒池肉林)

술로 연못을 이루고 고기로 숲을 이룬다는 뜻으로 대단히 호사스
럽고 방탕한 주연을 말한다. 이 말은 중국 상(商)나라 마지막 군주
인 주왕(紂王)으로 부터 생겨났다. 그는 지혜와 용기를 겸비한 임금
이었으나, 달기라는 요부에게 빠져 극악무도한 폭군이 되었다.
주왕은 향락을 위하여 높이가 천 척(千尺), 둘레가 삼 리(三里)나 되는

궁전을 만들며 백성들을 7년 동안 노역케하여 궁전이 완성되자 미녀들을 모아 쾌락의 도구로 삼았다. 그것도 모자라 술로 연못을 만들고 고기덩이를 걸어 숲을 이루게(以酒爲池, 懸肉爲林)했다. 또한 젊은 남녀들로 하여금 발가벗고 서로 희롱하고, 음탕한 음악과 음란의 춤을 추게 하는 광란의 잔치를 감상했다. 주왕은 결국 주(周)나라 시조인 무왕(武王)에게 멸망당했다.

그리고 혈세를 받는 수단으로 강마다 세관을 설치해 놓고 강을 건너다니는 여객들에게 엄청난 교통세를 받았기 때문에 길가는 나그네의 그림자조차 끊어질 지경이었다.

이런 학정에 대해 충신이 간하거나 민간이 불평을 하면 당장에 잡아 죽였으므로 여론은 질식하지 않을 수 없었다. 그래도 바른 말이 무서웠던 연산군은 모든 관리들에게 함구령의 패를 차게 했는데, 그 함구령의 패에 새겨진 문구는 다음과 같았다.

구시초화문 설시살신부  口是招禍門 舌是殺身斧

입은 재앙을 부르는 문이요, 혀는 몸을 죽이는 도끼니라.

그런 가운데 강직한 내관 김처선은 그 어마어마한 함구령을 박차고 연산군의 폭정을 간고하다가 마침내 연산군이 손수 쏜 화살에 맞아 죽고 말았다. 그러던 폭군 연산군이 마침내 역사의 심판을 받고 만고의 죄인이 되었다.

연산군은 '구시초화문口是招禍門'이라 하였지만, 사실은 '구시화복
문口是禍福門'이다. 즉 입을 잘못쓰면 화문이지만 잘 쓰면 큰 복문이다.

열 가지 선十善과 열 가지 악十惡을 몸과 입과 뜻마음으로 짓는 가운
데 입으로 짓는 업이 4가지로 가장 많다. 그 만큼 입은 죄를 짓기도
쉽고 복을 짓기도 쉬운 것이다. 그러기에 말과 관련된 수많은 이야
기가 회자되는 것은 당연한 것일 것이다.

입으로 짓는 4가지 업은,
망령된 말을 하지 말며不妄語,
한 입으로 두 말하지 말며不兩舌,
악한 말을 하지 말며不惡口,
비단같이 꾸미는 말을 하지 말라不綺語이다.

위의 네 가지를 지키면 입으로 짓는 선이 되고, 지키지 못하면 악
이 된다.

# 비가 와도 걱정 안 와도 걱정

옛날에 큰아들은 부채 장사를 하고 작은아들은 나막신 장사를 하는 어머니가 있었다. 이 어머니는 두 아들이 장사를 해서 돈을 벌어도 늘 근심 걱정이 떠나질 않았다.

지루한 장마가 갠 어느 날이었다. 이웃집 아주머니가 놀러 와서는 말했다.

"오랜만에 장마가 개니 이제 살 것 같지요?"

"글쎄요, 장마가 갠 건 좋지만 내게는 걱정이 하나 있다오."

"아니, 무슨 걱정인데요?"

"왜 아시잖아요. 내 작은아들이 나막신 장사를 하는 것 말예요. 이렇게 날이 개면 나막신이 안 팔리게 되니 그것이 걱정이지요."

이렇게 날만 개면 어머니는 작은아들의 나막신이 팔리지 않는 생각에 걱정을 했다. 그리고 며칠 뒤 비가 내리는 날에 그 이웃집 아주머니가 또 놀러 왔다.

"아주머니, 해가 쨍쨍 내리쬐다가 비가 오니 이제는 시원해서 좋지요?"

"아니에요. 조금도 시원하지가 않아요. 비가 내리니 또 걱정이군요."

"아니 또 무슨 걱정이에요?"

"왜 아시잖아요. 내 큰아들이 부채 장사를 하는 것 말예요. 이렇게 비가 내려 선선하면 누가 부채를 사겠어요. 그래서 걱정이랍니다."

이 말을 듣자 이웃집 아주머니가 비웃는 투로 말했다.

"그럼 아주머니는 날이 개도 걱정이고, 비가 와도 걱정이군요."

"그러니 어쩝니까. 잘 안 되는 걸 걱정할 수밖에 없잖아요."

이 말을 듣고 있던 이웃집 아주머니가 무릎을 탁 치더니 한 가지 묘안을 내놓았다.

"아주머니, 좋은 수가 있어요. 이렇게 생각하시면 아주머님의 근심 걱정이 싹 없어질 거예요. 잘 들어 보세요. 즉 날이 개면 큰아들의 부채가 잘 팔리니 좋구나 하고, 날이 흐려 비가 내릴 땐 내 작은아들의 나막신이 잘 팔리게 됐으니 좋구나 하고 생각을 돌려서 해 보세요. 아주머니는 여태 안 되는 쪽만 생각했잖아요. 그러시지 말고 거꾸로 잘 되는 쪽을 생각해 보란 말예요."

"정말 그렇군요. 내가 그 이치를 모르고 걱정만 했구려."

이렇게 해서 이 어머니는 웃음을 찾았다고 한다.


비가 오면 비가 와서, 날씨가 좋으면 좋은 대로 걱정을 하는 어머니의 마음 그 마음을 누가 잘못된 마음이라고 말할 수 있을까. 그것이 부모의 마음이 아닐까.

흔히 쓰는 말에 '몇 개 밖에 남지 않았네'와 '몇 개나 남았네'의 차이는 별 차이가 없는 것 같지만 결과에서는 상반되게 나타날 수 있음을 알아야 한다.

어리석은 사람은 근심걱정이 있을 때에는 없애려고 노력하지만, 없을 때도 필요 없는 것까지 근심과 걱정을 함으로써 항상 근심걱정 속에서 산다.

자기의 처지에 만족하지 못하고 억지로 면하려 하면 마음만 더욱 초조하여 괴로움만 더 한다. 자연의 섭리를 순리로 따르는 것이 안분安分 : 편안한 마음으로 제 분수를 지킴이 아닐런가.

# 소맷자락 속의 효도 굴

　　　　　　　조선 성종* 때 성희안*이 궐 안에서 밤늦게
까지 근무했던 적이 있었다. 그때 임금이 홍문관의 정자 벼슬직에
있었던 성희안과 관리들에게 술과 과실을 내려 밤늦도록 수고하는
그들을 격려했다.

　그날 임금은 귀한 굴과함께 감자도 내렸다. 성희안은 하사한 술
을 먹은 후 여염閭閻:보통 사람이 모여 사는곳 에서는 맛보기 힘든
굴을 보자 집에 홀로 계신 어머니 생각이 간절했다. 그래서 어머니
께 드리려고 굴 몇 개를 먹는 체하면서 소맷자락 속에 넣었다.

❀ 성종(成宗 1457~1494)

조선 제9대 왕으로 재위기간은 1469~1494까지이다. 13세에 즉위하여 7년간 정희대비가 섭정한 후 친정을 시작하였다. 현명한 왕으로 학문을 좋아하고 문무를 병용하여, 외교정책으로 변방을 안전하게 하였다. 학문의 진흥과 치국요도를 위하여 홍문관, 존경각, 독서당을 설립하였고, 《경국대전》을 선포하였으며, 제반 문물제도를 정비하여 이조 초창기를 융성케 하였다.

❀ 성희안(成希顔 1461~1513)

1485년(성종 16년) 문과에 급제하여 홍문정자, 부수찬 등의 벼슬을 지내고 성종의 고문으로 있었으며, 그 후 이조참판 겸 오위도총부 부총관을 지냈다. 연산군이 즉위하고 폭정이 심해지자 왕을 풍자하는 시를 바쳤다가 좌천되었고, 박원종, 유순정과 모의하여 중종반정을 일으켰다. 중종 때 우의정, 영의정을 지내며 너그럽고 과단성이 있어 조정에 들어가 30여 년 동안 많은 치적을 쌓았다.

그리고 피곤한 상태에서 술을 마셔서 그런지 일찍 취해 버렸다. 술에 취한 그를 내시가 업고 나가는데 그의 소매 속에 감추어 두었던 귤이 떨어지면서 마룻바닥에 뒹굴었다.

그때 그것을 본 성종이 이튿날 감자와 귤 한 쟁반을 은밀히 성희안에게 하사하면서 말했다.

"어제 성희안이 과실을 소매 속에 넣고 나간 것은 아마 늙은 어머니에게 드리려 한 것이 분명하다. 내가 이것을 내리노니 어머니에게 갖다드려 효도를 하라."

이렇게 성종은 자신의 선심을 생색내지 않고 진심을 전하는 임금이었다.

옛말에 윗사람이 아랫사람 보기를 적자嫡子같이 하면 아랫사람이 윗사람 보기를 부모와 같이 하고, 윗사람이 아랫사람 보기를 초개草芥, 지푸라기같이 하면 아랫사람이 윗사람 보기를 원수같이 한다고 했다.

성군은 혼자되는 것이 아니다. 가장 가까운 인연들과 함께 더불어 할 때 성군의 길에 들어설 수 있는 것이다.

성종의 마음에 젊은 학자인 성희안은 어떻게 답했을까? 성희안은 두루 요직을 거치며 성종을 보필하여 이조 초창기의 제도를 정비하고 융성케 하는 데 큰 역할을 하였다.

# 한명회 장인의 분노

민대생은 한명회韓明澮*의 장인이다. 그가 나이 92세 때 정초가 되어 조카들이 세배를 왔다. 그 중 한 조카가 절을 하고 나서 축하의 말을 했다.

"백 살만 사십시오."

그러자 이 말에 민대생이 노하여 말했다.

"백 살만 살라면 이제 몇 해 후에는 죽으란 말이냐?"

그리고는 세뱃돈도 주지 않고 내보냈다. 이를 눈치 챈 다른 조카가 절을 하고 나서 잽싸게 다른 말로 축수祝壽 : 오래 살기를 빎하는 것이었다.

"백세를 사시고 또 백세를 사세요."

그러자 그제야 만족해하고 후하게 상을 차려 주고 용돈도 주었다. 그러나 그런 그도 93세로 세상을 마감하고 말았으니 끝내 백세를 채우지 못한 채 가고 만 셈이다.

자칫 망령들었다고 할 수도 있으나 그렇지 않다. 인간의 지극한 본성 중의 하나가 오래 살고 싶은 마음이다. 세속에서 말하는 사람의 3대 거짓말이,

'처녀가 시집가고 싶지 않다는 말'

'장사가 손해보고 판다는 말'

'노인이 어서 죽어야지 하는 말'

이라고 했다. 분명 예외는 있을 수 있다. 그러나 저변에 깔려 있는 마음을 엿볼 수 있는 말이다.

# 죽고 사는 것은 인연 따라 오는 일

　　　　　　　부부가 슬하에 자식이 없이 영마루에 주막
집을 차리고 근근이 살림을 꾸려가고 있었다.

　그러던 어느 날 갑자기 논밭을 사고 큰 기와집도 사고 마을에서
이름난 부자가 되었다. 또 얼마 안 되어 없던 자식을 낳아 슬하에 세
아들을 거느리게 되었다. 늦게 자식을 얻어 금이야 옥이야 하며 키
운 세 아들을 서당에 보내어 글공부도 시켰다. 모두 글을 잘 깨치고
문장이 좋아서 과거를 보러 보냈는데 셋이 한꺼번에 급제를 하였다.
그러자 두 내외의 기쁨은 이루 말할 수 없었다.

　과거에 급제한 세 아들이 돌아오는 날, 내외는 잔치를 벌이고 풍

악을 울리면서 세 아들을 기다렸다. 세 아들이 말을 타고 풍악을 울리며 잔치 마당에 막 들어서는데, 어찌 된 일인지 아들 셋이 영문도 모르게 말에서 떨어져 그만 그 자리에서 즉사하고 말았다. 그래서 잔치 마당이 온통 통곡의 초상집으로 변했다.

갑작스레 세 아들의 장사를 치른 내외는 너무도 억울하고 분하여 그 고을 원님을 찾아갔다.

"원님, 이 원수를 좀 갚아 주십시오. 과거에 급제한 우리 세 아들의 새파란 목숨을 빼앗아 간 그 못된 잡귀나 귀신이 있다면 처벌해 주십시오."

원님은 어처구니없는 얼굴로 내외를 내려다보았다.

"자네들, 아들 셋을 한꺼번에 잃더니 실성을 한 것이 아닌가. 나는 이 고을의 백성들을 다스리는 사람이지 염라대왕까지 다스리지는 못한다네."

그래서 내외는 힘없이 원님 앞에서 물러나왔다. 울고불고 하다가 실성한 듯 돌아가는 내외를 바라보던 원님은 참으로 측은한 생각이 들었다. 그래서 귀신을 한 번 불러 물어보기라도 해야겠다 싶어 이방을 불러들였다.

"너 오늘 쌀을 일곱 번 쓸고 일곱 번 씻어서 밥을 지어 밥상 셋을 방죽 옆에 있는 다리에 차려 놓아라."

하고는 글을 써서 이번에는 담이 큰 사령에게 주면서 말했다.

"오늘 밤 자정에 방죽 옆에 있는 다리에 나가면 밥상을 받고 있는 늙은이가 있을 테니 이 글을 보여 드려라."

원님이 말한 대로 정성스레 밥을 지어 방죽 다리 옆에다 갖다 놓은 다음, 자정이 되어 사령이 편지를 가지고 다리께로 갔다.

거기에는 과연 늙은이 셋이 밥상 앞에 앉아 있었다. 사령은 늙은이들에게 원님이 써 준 글을 보여주었다. 세 늙은이는 글을 읽고 나더니,

"시장하던 차에 대접도 잘 받았고, 남의 동네에 왔으니 이 고을의 원님이나 만나보고 가야겠군."

하고 일어서서 사령의 뒤를 따라 원님에게로 왔다.

원님은 한밤중에 저승의 염라사자들을 방안으로 모셨다. 원님은 다짜고짜로 물었다.

"아무리 사람의 목숨을 다루는 염라대왕이지만 이제 막 과거에 급제한 새파란 목숨 셋을 그것도 한꺼번에 앗아가다니 사람의 목숨을 너무 함부로 다루는 것이 아닙니까?"

"허허 원님! 우리가 함부로 사람의 목숨을 다루는 것 같아도 제 명이 다하지 않은 사람을 데려갈 수는 없는 것이외다."

"그렇다면 주막집 내외의 세 아들도 셋이 똑같이 명이 다 되었다는 말씀입니까."

"아무렴요!"

"아니 어떻게 새파란 젊은이 셋이 하나같이 명이 다 되었다는 말씀입니까? 원 세상에 고르지 못한 일도 다 있소이다."

"허허 원님, 사실 주막집 내외의 죽은 세 아들은 주막집 내외에게 원수를 갚으러 온 사람들이외다. 자, 들어보십시오. 20여 년 전의 일

263

입니다. 유기장수 셋이 그 내외의 주막에 든 적이 있었지요. 그때 내외는 한밤중에 그들을 죽여 돈을 빼앗고 시체를 마구간에다 묻었습니다. 그래서 원통하게 죽은 세 유기장수가 원수를 갚기 위해 주막집 내외의 아들로 태어났던 것입니다. 귀여운 자식으로 자라 과거까지 합격하여 온갖 기쁨을 주다가 갑자기 죽음으로써 내외의 가슴에 슬픔의 칼을 꽂은 것입니다. 생각해 보십시오. 원님, 그들이 어찌 예사의 자식이겠소? 죽고 사는 것은 다 인연 따라 오가는 일들이 아니겠소."

이 말을 마치자 세 늙은이는 자취를 감추었다. 날이 밝기가 바쁘게 원님은 사령들을 보내어 영마루 주막집의 마구간 밑을 파헤쳐 보도록 했다. 과연 사자들이 말한 대로 마구간 밑에는 세 사람의 시체가 썩지도 않고 있었다. 원님은 주막집 내외를 잡아들였다. 그리고 여죄를 묻고 벌을 내리면서 그 사실을 설명했다.

하늘은 짓지 않은 복을 내리지 않고, 사람은 짓지 않은 죄를 받지 않는다는 말이 있다. 남에게 은의恩義로 준 것은 은의로 받고, 악의惡義로 빼앗은 것은 악의로 빼앗기되 상대방의 능력에 따라 지은 업보의 강도에 따라 받는 것이 몇 만 배 더할 수도 있고 몇 만 분의 일로 줄어들 수는 있으나 아주 없앨 수는 없다.

혹 상대가 직접 죄복을 주지 않으면 자연이 주는 죄복이 돌아온다. 이 세상에는 남이 지은 죄복을 대신 받아올 수도 없고, 자기가 지은 죄복을 남에게 넘겨 줄 수도 없다.

# 유리창의 땟국물

남에 대한 험담하기를 좋아하는 아주머니
가 있었다. 그 아주머니는 자기 마음에 안 드는 아주머니는 누구나
헐뜯고 돌아다녀 아무도 상대해 주는 사람이 없었다.

어느 날 다른 마을에서 아주머니의 친구가 놀러 왔다. 아주머니는
이때다 싶어 이웃집에 사는 집 안주인을 헐뜯기 시작했다.

"저 여자네 집은 얼마나 더러운지 몰라. 애들도 새카맣고 벽도 지
저분하고 정말 꼴불견이야. 어휴, 저런 사람이 이웃이라니 창피할
지경이야. 저기 빨래 줄에 걸어 놓은 빨래 좀 봐. 얼마나 더럽니. 때
가 더덕더덕 묻은 저 수건은 또 어떻고?"

한참 수다를 듣고 난 아주머니가 일어나서 창가로 다가가 창문을 열고 밖을 내다보았다. 그리고 친구인 그 아주머니에게 어처구니없다는 듯이 말했다.

"저 빨래들은 깨끗한데, 바로 네 집 유리창에 땟국물이 더덕더덕 붙어 있군그래. 당신 집 유리 때문에 빨래가 더럽게 보인 거야. 어유 속 좀 차려라 얘."

자기가 자기를 스스로 대우하는 것이 아니라 남을 대우하는 것이 바로 자기의 대우가 된다는 말이 있다. 남의 허물을 드러냄이 결국은 자기의 허물을 드러내는 것이 된다는 말이기도 하다.

사람이 살아가는데 자신의 허물을 고치는 것이 무엇보다도 급선무이다. 자기에게 비쳐지는 모든 것은 상대방의 거울이 아니라 나의 거울이라는 것을 잊어서는 안 된다.

눈이 제 눈을 보지 못하고, 거울이 자신을 비추지 못하듯이 많은 사람들은 자신의 허물을 보지 못하고 남의 시비만 본다.

# 불설삼세인과경
## 佛說三世因果經

한때에 부처님께서 영취산에 계시며 영산회를 베풀고 계실 때였다. 부처님의 설법을 가장 많이 듣고 가장 많이 기억하는 아난존자가 언제나 부처님을 따르고 시봉하는 천이백오십인을 이끌고 부처님 전에 모이었다.

아난존자는 부처님 발끝에 이마가 닿도록 하여 공손하게 세 번 절하고 무릎을 꿇고 합장하며 여쭈었다.

"으뜸의 진리를 갖추신 세존이시여, 청하여 묻사옵나이다. 저희가 살고 있는 이 사바세계에 부처님께서 설하신 후 수많은 세월이 지난 오늘에 이르러선 뭇 중생들이 착하지 못한 짓을 많이 하게 되었나이다. 불·법·승 삼보를 공경하지 않고 부모에게 효도할 줄 모르며 삼강은 없어지고 오륜은 지나치게 난잡하여져서 마음은 사악하고 육체는 추하고 더러워졌나이다. 또한 가난하고 천박하여 육신은 온전치 못하고 남을 해치고 살생하는 것을 아무렇지도 않게 생각하게 되었고 부자와 가난뱅이가 뒤섞여 고르지 않으니 어떠한 업보로 인한 결과이나이까?

　바라옵건데 세존께서는 자비로서 저희들과 모든 중생들에게 올바른 가르침을 행할 수 있도록 자세히 말씀하여 주옵소서.”

　부처님께서 아난존자와 천이백오십 명의 제자들에게 말씀하셨다. “참으로 착하도다. 내가 마땅히 너희들을 위하여 자세히 설명하노니 너희들은 맑은 마음으로 잘 듣도록 하여라.”

　이 세상의 모든 사람들이 잘 살고 못살고 귀하고 천하며 끝없이 받아야 하는 고통과 끝없이 받을 수 있는 행복은 모두가 전생에 지은 인과로 이루어지는 것이니라.

　인과란 어떻게 지어지는가? 먼저 부모에게 효도하여야 하며, 삼보를 받들어 믿으며, 살생을 하지 않고 놓아주며, 공양을 드리고 보시를 열심히 하면 내생에 복을 받을 수 있는 공덕이 되느니라.

　이어서 부처님께서 인과를 게송으로 설하셨다.


　부귀공명과 같은 모든 운명은 전생에 그 사람마다 닦은 공덕이니 만약 이러한 공덕을 쌓고 있는 사람이 있다면 그 사람은 세세생생에 그 복이 한량없으리라. 선남선녀들아, 참으로 삼세인과의 짧은 한 마디라도 옳지 않은 것이 없으니 〈삼세인과경〉을 듣고 생각하며 지성껏 염송하여 부처님의 진실된 말씀을 듣는 까닭을 알도록 하여라.


　금생에 귀한 벼슬자리에 있는 사람은 무슨 까닭인가?

　전생에 불상을 금으로 단장한 공덕이니라. 전생에 닦아서 금생에 받는 것이니, 자주 빛 도포와 금관 옥대도 부처님 말씀 믿고 따르며 구한 것이니라. 황금으로 불상을 단장하는 것은 곧 자기 몸을 단장하는 것이요, 옷으로 부처님을 위하는 것은 곧 자기 몸을 덮어 보살피는 것이니라. 높은 벼슬자리가 쉽다고 말하지 말라. 전생에 닦지 않고 어디서 오겠는가.

말 타고 가마에 앉아 편안하게 다니는 사람은 무슨 까닭인가?

전생에 다리 놓고 길 닦은 공덕이니라.

능라금수 비단옷을 입은 사람은 어떤 까닭인가?

전생에 스님들께 옷 보시 많이 한 공덕이니라.

먹고 입는 것이 풍족한 사람은 무슨 연고인가?

전생에 가난한 사람에게 차와 밥을 베풀어준 공덕이니라.

먹고 입는 것이 넉넉지 못한 사람은 무슨 연고인가?

전생에 남에게 돈 한 푼 베풀지 않은 탓이니라.

고대광실 높고 큰집에 사는 사람은 무슨 까닭인가?

전생에 높은 산에 있는 암자나 절에 쌀 시주 많이 한 공덕이니라.

복록이 풍족하게 갖춘 사람은 무슨 까닭인가?

전생에 절 짓고 정자 세운 공덕이니라.

미모가 뚜렷하여 단정하고 잘난 사람은 무슨 연고인가?

전생에 부처님께 맑고 신선한 꽃을 공양드린 공덕이니라.

총명하고 슬기 있는 사람은 무슨 연고인가?

전생에 재 지내고 염불 열심히 한 공덕이니라.

아름답고 잘난 여자를 아내로 얻은 사람은 무슨 까닭인가?

전생에 불문 귀의하도록 많이 연결 지은 공덕이니라.

부부가 백년해로하는 사람은 무슨 까닭인가?

전생에 부처님께 당번\*공양 드린 공덕이니라.

부모가 다 살아계시며 부모에게 사랑받고 함께 사는 사람은 무슨 연고인가?

전생에 혼자된 사람을 잘 돌봐주고 공경한 공덕이니라.

부모가 없는 사람은 어떤 까닭인가?

전생에 많은 새를 때려잡은 과보이니라.

아들 손자 자손이 많은 사람은 어떤 까닭인가?

전생에 갇힌 새를 날려 보낸 공덕이니라.

자식이 없거나 잘못 기르게 된 사람은 어떤 연고인가?

전생에 여자 몸에 빠져 산 과보이니라.

금생에 자식이 없는 사람은 무슨 연고인가?

전생에 꽃을 함부로 꺾은 탓이니라.

금생에 수명 장수하는 사람은 어떤 까닭인가?

전생에 산 목숨을 많이 사서 방생한 공덕이니라.

금생에 오래 살지 못하는 사람은 무슨 까닭인가?

전생에 산 목숨을 많이 죽인 탓이니라.

홀아비 신세로 외롭게 사는 사람은 무슨 까닭인가?

전생에 남의 아내와 간음한 과보이니라.

과부가 되어 외롭게 사는 사람은 무슨 까닭인가?

전생에 남편을 우습게 알고 천대하던 과보이니라.

금생에 종노릇 하는 사람은 어떤 연고인가?

전생에 은혜를 갚지 않고 의리를 지키지 않은 탓이니라.

금생에 눈 밝은 사람은 어떤 연고인가?

전생에 기름 시주 많이 하고 부처님께 등불 밝힌 공덕이니라.

금생에 한쪽 눈을 못 뜨고 보지 못하는 사람은 무슨 까닭인가?

전생에 올바른 길을 똑바로 가르쳐 주지 않은 탓이니라.

금생에 입병 잘 앓는 사람은 무슨 까닭인가?

전생에 부처님 앞에 있는 등불을 입으로 불어서 꺼버린 과보이니라.

귀머거리나 벙어리로 태어나는 사람은 무슨 연고인가?

전생에 부모에게 욕하고 몹시 한 과보이니라.

꼽추로 태어나는 사람은 무슨 까닭인가?

전생에 예불하는 사람을 보고 비웃은 과보이니라.

팔이 비틀어진 사람은 무슨 까닭인가?

전생에 그 손으로 나쁜 짓 한 탓이니라.

다리가 비틀어져 절뚝발이가 된 사람은 무슨 까닭인가?

전생에 길 가는 사람을 막아놓고 때린 탓이니라.

금생에 소나 말이 되는 것은 무슨 연고인가?

전생에 남의 빚을 갚지 않은 사람이니라.

금생에 돼지나 개가 되는 것은 무슨 연고인가?

전생에 남을 속이고 해친 사람이니라.

병이 많아 늘 고통을 받는 사람은 무슨 연고인가?

전생에 부처님 도량에서 술 마시고 고기 먹은 과보이니라.

병이 없고 항상 건강한 사람은 무슨 연고인가?

전생에 병든 사람을 보살피고 약을 준 공덕이니라.

금생에 감옥살이를 하는 사람은 무슨 까닭인가?

전생에 남의 사정 보지 않고 서슴없이 악한 짓을 한 과보이니라.

금생에 굶어 죽는 사람은 무슨 까닭인가?

전생에 쥐구멍 뱀구멍을 막은 과보이니라.

독약 먹고 죽는 사람은 무슨 연고인가?

전생에 냇물 막고 독약을 뿌려 고기를 잡은 과보이니라.

고독한 신세가 되어 구걸하러 다니는 사람은 어떤 연고인가?

전생에 악한 마음을 품고 따지기를 좋아한 탓이니라.

금생에 난장이로 태어나는 사람은 어떤 연고인가?

전생에 불경 책을 땅바닥에 놓고 본 탓이니라.

금생에 계속하여 목구멍에 피 올리는 사람은 무슨 까닭인가?

전생에 고기 먹고 염불하고 독경한 과보이니라.

금생에 귀머거리는 어떤 까닭인가?

전생에 경 읽는 소리를 듣기 싫어한 과보이니라.

금생에 창병·간질병·미친병은 어떤 까닭인가?

전생에 불도량에서 고기 구운 과보이니라.

몸에서 냄새나는 사람은 무슨 연고인가?

전생에 가짜 향을 판 탓이니라.

금생에 비참한 죽음을 당하는 사람은 무슨 연고인가?

전생에 여자를 숲에 끌고 가서 욕보인 과보니라.

늙어서 혼자되어 외롭고 슬픈 사람은 무슨 연고인가?

전생에 다정한 사람들을 보고 항상 질투하던 과보이니라.

벼락 맞아 불타 죽는 사람은 어떤 까닭인가?

전생에 되질·말질을 속이고 저울눈을 속인 과보이니라.

호랑이나 독사에게 물리는 사람은 어떤 까닭인가?

전생에 원수 짓고 마주치면 해를 입힌 탓이니라.


수없는 죄와 복을 제가 짓고 제가 받으니 지옥에 떨어진들 누구를 원망하랴. 미래에 있을 자손이 바로 이 몸이니 인과응보 없다는 말 함부로 하지 말라. 재 많이 지내고 닦은 공덕이 미덥지 않으면 가까이에 복 받는 사람을 볼 것이요. 전생에 지은 공덕 금생에 받고 금생에 지은 공덕 후세에 받을지니라. 만약에 어느 누구라도 이 경을 비방한다면 후세에 사람 몸을 받을 수 없는 곳에 태어나고 이 경을 받아 지니고 다니면 시방법계 불·보살이 증명할 것이며 이 경을 출판하면 대대로 집안이 학문이 높아 명문대가가 될 것이니라.

어떤 사람이라도 인과경을 받들어 지니면 흉한 재화나 액난에서 벗어날 수 있으며 이 경을 강론하는 사람은 세세생생에 지혜와 총명함을 얻을 것이고 어느 누구라도 인과경을 독송한다면 후세에 태어나 모든 사람들에게 존경을 받을 것이니라.

이 경을 널리 여러 사람들에게 권장하고 펼친다면 후세에 제왕의 몸을 얻을 수 있느니라. 만약 전생의 인과경을 묻는다면 가섭이 보시한 공덕으로 금빛 몸을 얻은 것을 말할 수 있고 만약 후세의 인과경을 묻는다면 선성이 법을 비방하다가 사람 몸을 잃은 것을 말할 수 있으리라. 만약 인과에 감응이 없다면 목련은 어머니를 어떻게 구해낼 수 있었겠는가? 어떤 사람이 인과경을 깊이 믿으면 서방의 극락세계에 태어날 것이니라. 삼세의 인과설은 다함이 없고 용과 하늘은 착한 마음 가진 이를 저버리지 않으며 삼보문 중에 복덕 닦기를 즐겨 한다면 한 푼 희사로도 만금을 되돌려 받을 수 있느니라.

너희들에게 견우고*를 주노니 세세생생에 복락이 끝이 없으리라.

만약 전생 일을 묻는다면

금생에 받고 있는 것이 바로 그것이요.

만약 후세의 일을 묻는다면

금생에 짓고 있는 것이 바로 그것이니라.

✽ 당번(幢幡)

높은 기둥에 여러 가지 아름다운 실과 천으로 장엄하게 늘어뜨리고 실과 여의주로 장식된 법(法)을 표시한 깃발

견우고 : 재물과 값진 보배가 가득하고 병들지 않고 오래 살 수 있으며 나쁜 마음까지 없어지는 약이 있다는 창고.

## 업보차별경
### 業報差別經

〈대장경〉 아함부에 속한 인과경전, 각종 업보를 받게 되는 원인에 대하여 자세히 설명하고 있다. 중국 수나라의 구담법지瞿曇法智가 한역漢譯하였고 송宋·원元·명明 등 각 판이 있다. 본 업보차별경의 내용은 고려판을 중심으로 각 판을 종합하여 의역한 것이다.

### 1장
이와 같음을 내가 듣사오니 한때에 부처님께서 사위국 기수급고독원에 계시더니, 도제야의 아들 수가장자首迦長者에게 말씀하시되 내 오늘은 너를 위하여 일체 중생의 선악 업보가 각각 다른 이유를 말하리니 잘 들어 보라 하신대 장자 즐거이 법설 듣기를 원하거늘 부처님께서 말씀하시되 이 세상 일체 중생들은 항상 그 짓는 바 업에 얽매이고 그 업에 의지하며 또한 그 업력을 따라 이리저리 윤회하여 상, 중, 하의 천만 차별이 생기게 되나니 내 이제 일체 중생들의 업력을 따라 천만 차별로 과보 받는 내역을 말하리라.

## 2장

부처님께서 수가에게 말씀하시되 열 가지 죄업이 있어서 중생이 단명보를 받게 되나니, 무엇이 열 가지냐 하면, 첫째는 스스로 살생을 많이 함이요. 둘째는 다른 사람을 권하여 살생을 시킴이요. 셋째는 살생하는 법을 찬성함이요. 넷째는 살생하는 것을 보고 따라서 좋아함이요. 다섯째는 자기의 원수나 미운 사람을 죽이려는 마음을 가짐이요. 여섯째는 자기의 원수가 죽는 것을 보고 환희심을 냄이요. 일곱째는 생명이 살아 있는 태장胎藏을 파괴함이요. 여덟째는 모든 사람에게 남의 것을 함부로 훼손하고 파괴시키는 법을 가르침이요. 아홉째는 천사天寺를 세워 놓고 중생을 많이 살해함이요. 열째는 스스로 싸움질을 잘 하고 다른 사람에게도 서로 잔해殘害하는 법을 가르침이니라.

## 3장

또한 중생이 장명보長命報를 받는 것은 열 가지 선업이 있어서 그리 되나니, 첫째는 스스로 살생을 아니함이요. 둘째는 다른 사람에게도 살생을 하지 않도록 권함이요. 셋째는 살생 않는 법을 찬성함이요. 넷째는 다른 사람이 살생 않는 것을 보고 환희심을 냄이요. 다섯째는 곧 죽게 된 이를 보고, 방편으로써 구제하여 줌이요. 여섯째는 죽는 것을 보고 무서워하는 이의 마음을 안위시킴이요. 일곱째는 공포심 많은 이를 보고 공포심이 나지 않도록 하여 줌이요. 여덟째는 모든 일에 근심과 고통이 많은 사람을 보고 자민심慈愍心을 일어냄이요. 아홉째는 다른 사람의 급하고 어려운 일을 보고 크게 불쌍히 여기는 마음을 일어냄이요. 열째는 모든 음식으로써 중생에게 보시를 많이 함이니라.

4장

또한 중생이 다병보를 받는 것은 열 가지 죄업이 있어서 그리 되나니, 첫째는 일체 중생에게 매질하기를 좋아함이요. 둘째는 다른 사람을 권하여 중생을 때리게 함이요. 셋째는 때리는 법을 찬성함이요. 넷째는 다른 사람의 맞는 것을 보고 좋아함이요. 다섯째는 부모의 속을 많이 태워 줌이요. 여섯째는 성인이나 현인을 많이 괴롭게 함이요. 일곱째는 원수의 병든 것을 보고 환희심을 냄이요. 여덟째는 원수의 병 나았다는 말을 듣고 마음에 좋아하지 아니함이요. 아홉째는 원수의 병에 적당하지 않은 약을 줌이요. 열째는 과하게 먹음이니라.

5장

또한 중생이 무병보無病報를 받는 것은 열 가지 선업이 있어서 그리 되나니 첫째는 중생 매질하기를 좋아하지 아니함이요. 둘째는 다른 사람에게도 남을 때리지 않도록 권함이요. 셋째는 때리지 않는 법을 찬성함이요. 넷째는 때리지 않는 것을 보고 환희심을 냄이요. 다섯째는 자기 부모나 모든 병자에게 공양을 잘 함이요. 여섯째는 성인과 현인의 병환 나신 것을 보고 지성으로 공양함이요. 일곱째는 원수의 병 나았다는 말을 듣고 환희심을 냄이요. 여덟째는 병으로 고생하는 이를 보고 좋은 약을 혜시하며 또한 타인에게도 이 법을 권함이요. 아홉째는 병으로 고통 받는 중생을 보고 자민심을 일어냄이요. 열째는 음식을 절도에 맞게 먹음이니라.

## 6장

또한 중생이 추루보醜陋報를 받는 것은 열 가지 죄업이 있어서 그리 되나니, 첫째는 진심瞋心 내기를 좋아함이요. 둘째는 남에게 혐의와 원한을 잘 품음이요. 셋째는 다른 사람을 많이 속임이요. 넷째는 중생을 많이 괴롭게 함이요. 다섯째는 부모에게 애경심이 없음이요. 여섯째는 성인이나 현인에게 공경심을 내지 아니함이요. 일곱째는 선량한 사람들의 금전이나 토지를 빼앗음이요. 여덟째는 부처님의 탑묘에 등촉을 꺼버림이요. 아홉째는 추루한 사람을 보고 헐며 가볍고 천하게 여김이요. 열째는 항상 모든 악행을 일삼음이니라.

## 7장

또한 중생이 얼굴이 단정한 보端正報를 받는 것은 열 가지 선업이 있어서 그리 되나니, 첫째는 진심을 내지 아니함이요. 둘째는 의복을 많이 혜시함이요. 셋째는 부모와 존장에게 공경심을 가짐이요. 넷째는 성인과 현인의 도덕을 존중히 앎이요. 다섯째는 항상 부처님의 탑이나 정사精舍를 잘 수리함이요. 여섯째는 집안을 청정히 함이요. 일곱째는 수도실터나 수도실 들어다니는 길을 잘 평평하게 골라

줌이요. 여덟째는 부처님의 탑묘를 지성으로 쓸고 닦음이요. 아홉째
는 추루한 이를 보고 가볍고 천하게 여기지 아니하며 공경심을 일어
냄이요. 열째는 단정한 이를 보면 곧 전생의 선업으로써 그리 된 줄
을 알아 그에 감탄함을 마지 아니함이니라.

### 8장

또한 중생이 위의와 권세가 없이 되는 것小威勢報은 열 가지 죄업이
있어서 그리 되나니, 첫째는 모든 중생에게 질투심을 잘 냄이요. 둘
째는 다른 사람의 득리하는 것을 보고 마음에 열을 냄이요. 셋째는
다른 사람의 해 보는 것을 보고 마음에 좋아 함이요. 넷째는 다른 사
람의 좋은 이름 얻는 것을 보고 미워하는 마음을 일어냄이요. 다섯
째는 다른 사람의 명예가 떨어지는 것을 보고 마음에 좋아함이요.
여섯째는 공부심이 물러나서 부처님을 헒이요. 일곱째는 부모에게
나 모든 성현들에게 시봉심이 없음이요. 여덟째는 다른 사람에게 위
의와 덕이 없이 될 일을 권함이요. 아홉째는 다른 사람의 큰 위의와
덕업 짓는 것을 방해함이요. 열째는 위의와 덕이 없는 이를 보고 가
볍고 천하게 여김이니라.

### 9장

또한 중생이 위의가 많고 권세가 있게 되는 것大威勢報은 열 가지
선업이 있어서 그리 되나니, 첫째는 모든 중생에게 질투심이 없음이
요. 둘째는 다른 사람의 이익 보는 것을 보고 환희심을 냄이요. 셋째

는 다른 사람의 해 보는 것을 보고 불쌍하고 민망한 마음을 냄이요. 넷째는 다른 사람의 좋은 명예 얻는 것을 보고 마음으로 좋아함이요. 다섯째는 다른 사람의 명예가 떨어지는 것을 보고 마음에 실로 근심이 되고 그를 동정해 줌이요. 여섯째 보리심을 발하여 모든 부처님을 지성으로 모심이요. 일곱째는 부모와 모든 현성들을 공경심으로써 잘 받들어 맞음이요. 여덟째는 다른 사람에게 위의와 덕이 없이 될 일을 짓지 않도록 권유함이요. 아홉째는 다른 사람들에게 위의가 있고 덕이 많게 될 일을 짓도록 권함이요. 열째는 위의와 덕이 없는 이를 보고 가볍고 천하게 여기지 아니함이니라.

### 10장

또한 중생이 하천한 집에 태어나는 것下族姓報은 열 가지 죄업이 있어서 그리 되나니, 첫째는 아버지를 잘 공경하지 아니함이요. 둘째는 어머니를 잘 공경하지 아니함이요. 셋째는 사문을 잘 공경하지 아니함이요. 넷째는 바라문을 잘 공경하지 아니함이요. 다섯째는 모든 사우와 존장을 잘 공경하지 아니함이요. 여섯째는 모든 사장들을 반가이 맞아 공양을 잘 하지 아니함이요. 일곱째는 모든 존장들을 보고 반가이 맞아 앉기를 청하지 아니함이요. 여덟째는 부모의 가르치심을 잘 듣지 아니함이요. 아홉째는 모든 현성들의 가르치심을 잘 받지 아니함이요. 열째는 하천한 집에 태어난 이를 보고 경멸히 여김이니라.

## 11장

또한 중생이 귀족의 집에 태어나는 것上族姓報은 열 가지 선업이 있어서 그리 되나니, 첫째는 아버지를 잘 공경함이요. 둘째는 어머니를 잘 공경함이요. 셋째는 사문을 잘 공경함이요. 넷째는 바라문을 잘 공경함이요. 다섯째는 모든 존장을 공경하고 보호함이요. 여섯째는 모든 사장을 받들어 맞음이요. 일곱째는 모든 존장들을 보고 반가이 맞아 앉기를 청함이요. 여덟째는 부모의 가르치심을 잘 받음이요. 아홉째는 모든 현성들의 가르치심을 잘 받음이요. 열째는 하천한 이를 경멸히 여기지 아니함이니라.

## 12장

또한 중생이 생활이 곤란한 보小資生報를 받는 것은 열 가지 죄업이 있어서 그리 되나니, 첫째는 스스로 도둑질을 잘 함이요. 둘째는 다른 사람을 권하여 도둑질을 하게 함이요. 셋째는 도둑질하는 법을 찬성함이요. 넷째는 도둑질하는 것을 보고 마음에 좋아함이요. 다섯째는 부모의 재산을 많이 없앰이요. 여섯째는 선량한 사람들의 재물을 빼앗음이요. 일곱째는 다른 사람의 득리하는 것을 보고 마음에 좋아하지 아니함이요. 여덟째는 다른 사람의 이익될 일을 일부러 방해하여 애를 많이 태워 줌이요. 아홉째는 다른 사람의 보시하는 것을 보고 마음에 즐거워하는 마음이 없음이요. 열째는 세상 사람이 흉년을 당하여 굶는 것을 보고 조금도 불쌍하고 민망한 마음이 없이 도리어 좋아함이니라.

## 13장

또한 중생이 생활이 풍족한 보<sup>多資生報</sup>를 받는 것은 열 가지 선업이 있어서 그리 되나니, 첫째는 스스로 도둑질을 하지 않음이요. 둘째는 다른 사람에게 도둑질 말기를 권함이요. 셋째는 도둑질 않는 법을 찬성함이요. 넷째는 다른 사람의 도둑질 않는 것을 보고 환희심을 냄이요. 다섯째는 부모의 재산을 없애지 아니하고 더욱 살림을 이뤄냄이요. 여섯째는 모든 현성이나 존장들에게 보시를 많이 함이요. 일곱째는 다른 사람의 득리하는 것을 보고 환희심을 냄이요. 여덟째는 다른 사람의 이익 구하는 것을 보고 방편으로써 도와줌이요. 아홉째는 다른 사람의 보시하는 것을 보고 마음에 좋아함이요. 열째는 흉년이 들어 세상 사람이 굶는 것을 보고 불쌍하고 민망한 마음을 냄이니라.

## 14장

또한 중생이 삿된 지혜와 삿된 도를 좋아하는 보<sup>邪智報</sup>를 받는 것은 열 가지 죄업이 있어서 그리 되나니, 첫째는 지혜가 나보다 승한 이에게 묻기를 좋아하지 아니함이요. 둘째는 악한 법을 나타내어 말함이요. 셋째는 정법을 닦지 아니함이요. 넷째는 정법 아닌 것을 찬성하여 정법이라고 숭배함이요. 다섯째는 법을 아껴 말하지 않음이요. 여섯째는 삿된 지혜를 가진 사람과 친근히 함이요. 일곱째는 바른 지혜를 가진 사람을 멀리 함이요. 여덟째는 삿된 법을 찬탄함이요. 아홉째는 바른 소견을 놓아 버림이요. 열째는 우치하고 악한 사람을 보되 가볍고 천하게 여김이니라.

## 15장

또한 중생이 바른 지혜와 정당한 도를 좋아하는 보正智報를 받는
것은 열 가지 선업이 있어서 그리 되나니, 첫째는 지혜가 나보다 승
한 이에게 묻기를 즐거워함이요. 둘째는 선한 법을 나타내어 말함이
요. 셋째는 정법을 듣고 크게 보호함이요. 넷째는 정법 설함을 듣고
탄복함이요 다섯째는 참되고 바른 법 말하기를 즐거워함이요. 여섯
째는 바른 지혜가 있는 사람을 친근히 함이요. 일곱째는 정법을 잘
보호함이요. 여덟째는 부지런히 닦고 많이 들음이요. 아홉째는 삿된
소견을 가진 악한 사람을 멀리함이요. 열째는 우치하고 악한 사람
을 보고 가볍고 천하게 여기지 아니함이니라.

## 16장

또한 중생이 지옥보地獄報를 받는 것은 열 가지 죄업이 있어서 그
리 되나니, 첫째는 몸으로 중한 악업을 지음이요. 둘째는 입으로 중
한 악업을 지음이요. 셋째는 뜻으로 중한 악업을 지음이요. 넷째는
천지 만물이 본래 아무것도 없다 하여 한갓 없음을 주장함이요. 다
섯째는 천지 만물이 떳떳이 있다 하여 한갓 있음을 주장함이요. 여
섯째는 인과가 없다는 소견을 가짐이요. 일곱째는 구태여 선을 지으
려고 애쓸 것이 없다는 소견을 가짐이요. 여덟째는 모든 법을 볼 것
도 없다는 소견을 가짐이요. 아홉째는 편벽된 소견을 가짐이요. 열

째는 은혜 갚을 줄을 알지 못함이니라.

### 17장

또한 중생이 축생보를 받는 것은 열 가지 죄업이 있어서 그리 되나니, 첫째는 몸으로 중등 악업을 지음이요. 둘째는 입으로 중등 악업을 지음이요. 셋째는 뜻으로 중등 악업을 지음이요. 넷째는 탐심의 번뇌로 좇아 모든 악업을 일어냄이요. 다섯째는 진심의 번뇌로 좇아 모든 악업을 일어냄이요. 여섯째는 치심의 번뇌로 좇아 모든 악업을 일어냄이요. 일곱째는 중생을 훼방하고 꾸짖음이요. 여덟째는 중생을 괴롭게 하고 해롭게 함이요. 아홉째는 깨끗하지 못한 물건을 남에게 줌이요. 열째는 간음을 행함이니라.

### 18장

또한 중생이 아귀보를 받는 것은 열 가지 죄업이 있어서 그리 되나니, 첫째는 몸으로 경한 악업을 지음이요. 둘째는 입으로 경한 악업을 지음이요. 셋째는 뜻으로 경한 악업을 지음이요. 넷째는 탐심을 많이 일어냄이요. 다섯째는 악한 탐심을 일어냄이요. 여섯째는 질투심을 냄이요. 일곱째는 삿된 소견을 가짐이요. 여덟째는 죽을 때에 재물에 착심을 가짐이요. 아홉째는 음식에 탐착이 많으나 병으로 인하여 오래 먹지 못하고 굶어 죽음이요. 열째는 괴로움과 핍박에 쪼들려 한을 품고 죽음이니라.

## 19장

또한 중생이 아수라보를 받는 것은 열 가지 죄업이 있어서 그리 되나니, 첫째는 몸으로 미微한 악업을 지음이요. 둘째는 입으로 미한 악업을 지음이요. 셋째는 뜻으로 미한 악업을 지음이요. 넷째는 교만을 냄이요. 다섯째는 나만 못한 이를 보고 네나 내나 같다 하여 조금도 위해 주지 아니함이요. 여섯째는 얻지 못한 법을 얻었다고 하여 거만을 부림이요. 일곱째 자기와 지행이 같은 이를 보고 자기가 승한 체하며 또는 자기보다 지행이 승한 이를 보고 자기와 같다 하고 거만을 냄이요. 여덟째는 삿된 도를 행하면서 그것을 제일로 알고 다른 정도正道를 무시함이요. 아홉째는 자기보다 지행이 승한 이를 대하여 도리어 자기가 승한 체하고 거만을 냄이요. 열째는 모든 선근을 그릇 돌려서 수라보 받을 짓만 함이니라.

## 20장

또한 중생이 인도에 태어나는 것人趣報은 열 가지 선업이 있어서 그리 되나니, 첫째는 살생을 아니함이요. 둘째는 도둑질을 아니함이요. 셋째는 간음을 아니함이요. 넷째는 망어를 아니함이요. 다섯째는 속으로 불량한 마음을 품으면서 겉으로 비단 같이 꾸미는 말을 아니함이요. 여섯째는 한 입으로 두 말을 아니함이요. 일곱째는 악한 말을 아니함이요. 여덟째는 탐심을 내지 아니함이요. 아홉째는 진심을 내지 아니함이요 열째는 삿된 소견을 가지지 아니하나 이 열 가지 선업에 결루缺漏가 없이 다 실행은 못함이니라.

## 21장

또한 중생이 욕계천에 나는 것欲天報은 이상에 말한 열 가지 선업이 있어서 그리 되나니, 비록 열 가지 선을 행함이 인도에서 보다 훨씬 나으나 욕심이 아직도 남아 있음이요. 또한 중생이 색계천에 나는 것色天報도 열 가지 선업이 있어서 그리 되나니, 열 가지 선을 행함이 욕계천보다 승하나 이에 겸하여 선정禪定 공부를 많이 함이요 또한 중생이 무색계천에 나는 것無色天報은 네 가지 선업이 있어서 그리 되나니, 첫째는 일체 명상을 떠나 순연히 공한 데에 의지하는 선법禪法을 닦음이요. 둘째는 한갓 공한 데에만 의지할 것이 아니라 하여 식識에 의지하는 선법을 닦음이요. 셋째는 공과 색을 이미 잊었으면 식심識心도 다 잊을 것이라 하여 공과 식도 없는 데에 의지하는 선법을 닦음이요. 넷째는 생각도 아니요 생각 아님도 아닌 데에 의지하는 선법을 닦음이니라.

## 22장

또한 중생이 결정보를 받는 것은 불, 법, 승 삼보에 대하여 신앙심과 향상심을 가지고 보시를 많이 하여 이 선업으로써 사후에 왕생할 곳을 서원하여 자기의 서원한 그대로 곧 왕생함이요. 중생이 부정보不定報를 받는 것은 이상에 말한 결정보와 반대로 누구에게 보시도 아니하고 아무 원도 없으며 선업도 닦지 아니하여 되는대로 수생함이니라.

## 23장

또한 중생이 변지보邊地報를 받는 것은 모든 업을 지을 때에 불, 법, 승 삼보를 대하여 한 번 잘해 보려는 향상심과 용맹심을 내지 아니하고 다만 약간의 보시를 행하여 이 선근 인연으로써 변지에 나기를 원하며 이 원을 곧 변지에 나서 청정한 보나 부정한 보를 받음이요. 중생이 중국보中國報를 받는 것은 모든 업을 지을 때에 불, 법, 승 삼보를 대하여 한 번 잘 해 보려는 향상심과 용맹심을 가지고 즐거이 보시하여 이 선근으로써 결정코 살기 좋은 나라에 나서 부처님을 만나 정법을 들어 무상 과보를 서원하였음이니라.

## 24장

또한 중생이 한 번 지옥에 떨어져 그 수한壽限을 다 채우게 되는 것은 지옥에 들어갈 죄업을 짓고도 조금도 부끄러운 마음과 무서운 마음과 싫어하는 마음이 없이 도리어 즐거워하며 또는 조금도 후회하는 마음이 없이 더욱 지옥에만 들어갈 죄업을 지었음이요. 중생이 지옥에 떨어졌다가 수한을 절반만 채우고 나오게 되는 것은 지옥에 들어 갈 죄업을 지어 놓고 뒤에 무서운 마음과 부끄러운 마음과 싫어하는 마음을 내어 참회하였음이요. 중생이 지옥에 잠간 들어갔다가 곧 나오게 되는 것은 지옥에 들어갈 업을 짓고 곧 무서운 마음과 부끄러운 마음과 싫어하는 마음이 나서 실심으로 즉시 참회하여 다시 그 죄업을 짓지 아니하였음이니라. 하시고 이어서 게를 송하시되, 사람이 중한 죄업 지어 놓고도, 지은 뒤에 깊이깊이 자책을 하고, 참회하여 다시 그 업을 짓지 않으면 능히 그 근본 업을 소멸하리라.

### 25장

또한 중생이 모든 악업을 짓되 그 앞에 죄가 쌓이지 않는 것은 몸으로나 입으로나 뜻으로나 모든 악업을 많이 짓고 뒤에 무서운 마음과 싫은 마음이 나서 곧 이상과 같이 참회하여 스스로 자기를 꾸짖고 다시 그 죄업을 짓지 아니하며 또는 다른 사람을 권하여 그러한 악업을 짓지 않도록 하였음이요. 또한 중생이 자기가 직접 죄는 짓지 아니하였으되 그 앞에 죄가 쌓이게 되는 것은 자기가 직접 죄는 짓지 아니하였으나 악한 마음을 가지고 다른 사람을 권하여 악업을 짓도록 하였음이요. 또한 중생이 죄를 지어 그 죄가 태산 같이 쌓이게 되는 것은 스스로 많은 죄업을 짓고 조금도 참회심이 없으며 또한 다른 사람에게까지 권하여 악을 행하게 하였음이요. 또한 중생이 죄를 짓지도 않고 받지도 않게 되는 것은 자기도 죄를 짓지 아니하고 다른 사람에게도 악을 권하지 아니하였음이니라.

### 26장

또한 중생이 처음에는 낙을 받다가 뒤에 고를 받게 되는 것은 업을 지을 때에 다른 사람의 권유를 받아 즐거이 보시를 하였으나 그 보시하는 마음이 굳지 못하여 후회심을 내었음이요. 중생이 처음에는 고를 받다가 뒤에 낙을 받게 되는 것은 업을 지을 때에 다른 사람의 권유를 받아 잠간 동안 약간의 보시를 하였으나 보시를 한 후로 환희심을 발하여 조금도 후회를 아니하였음이요. 중생이 처음에도 고를 받고 뒤에도 고를 받게 되는 것은 선지식을 멀리하여 누구 보시하기를 권하는 이도 없는 고로 업을 지을 때에 조금도 보시를 아니하였음이요. 중생이 처음에도 낙을 받고 뒤에도 낙을 받게 되는 것은 선지식을 가까이 하여 그의 권유를 받아 굳세고 즐거운 마음으로 보시를 많이 하였음이니라.

### 27장

또한 중생이 비록 가난하나 보시하기를 좋아하는 것은 일찍기 남에게 보시한 일이 많이 있으나 아직 그 복전을 만나지 못함이니 그 복전을 만나지 못하여 비록 가난하기는 하나 본래 보시하던 습관이 남아 있는 고로 가난하면서도 보시하기를 좋아함이요. 또한 중생이 부자이면서도 아끼고 탐하여 보시하기를 싫어하는 것은 일찍기 한 번도 보시한 일이 없다가 선지식을 만나 잠간 한 번 보시를 행하여 그 복전을 만남이니 그 복전을 만난 고로 비록 부자가 되었으나 본래 보시하던 습관이 적은 고로 비록 부자이면서도 그와 같이 아끼고 탐함이요. 또한 중생이 부자로서 능히 보시를 좋아하는 것은 선지식을 만나 보시업을 많이 닦아 보았음이요. 또한 중생이 가난한 이로서 아끼고 탐하여 보시할 줄을 모르는 것은 선지식을 멀리하여 누가 권하는 이도 없는 고로 능히 한 번도 보시를 행하여 보지 못하였음이니라.

## 28장

또한 중생이 몸은 편하나 마음이 편하지 못한 보를 받는 것은 남에게 복은 지었으나 지혜는 닦지 아니하였음이요. 또한 중생이 마음은 편하나 몸이 편하지 못한 보를 받는 것은 혜는 많이 닦았으나 복은 많이 짓지 아니하였음이요. 또한 중생이 몸과 마음이 다 편안한 보를 받는 것은 복과 혜를 아울러 닦았음이요 또한 중생이 몸과 마음이 다 편하지 못한 보를 받는 것은 복도 짓지 아니하고 혜도 닦지 아니하였음이니라.

## 29장

또한 중생이 수명은 다 되었으나 업이 아직도 남아 있게 되는 것은 중생이 지옥에서 죽어가고 그 업보가 미진한 고로 도로 지옥에 나는 것이니 축생, 아귀 내지 인도, 천도, 수라 보를 받을 때에도 또한 이와 같음이요 또한 중생이 업은 다 되었으나 수명이 남아 있게 되는 것은 모든 중생이 낙이 다하면 고를 받고 고가 다하면 낙을 받는 것 등이요. 중생이 업과 수명이 함께 다하게 되는 것은 중생이 지옥에서 죽어 그 업보가 다한 고로 곧 축생, 아귀 내지 인도, 천도, 수라 등 세계로 옮겨감이요. 또한 중생이 업과 수명이 함께 영원하게 되는 것은 중생이 모든 번뇌를 다 제거하고 사과四果 곧 수다원과 사다함과 아나함과 아라한 등을 얻어 생로병사를 해탈하고 과보를 초월함이니라.

## 30장

또한 중생이 비록 악도에는 떨어졌으나 형용이 수묘殊妙하고 안목이 단엄하며 몸에 광채가 있어 사람들이 보기를 좋아하게 되는 것은 욕심의 번뇌로 인하여 계행을 지키지 아니하였음이요. 또한 중생이 악도에 타락되어 형용이 추루하고 몸이 거칠어서 사람들이 보기를 싫어하게 되는 것은 진심의 번뇌로 인하여 계행을 지키지 아니하였음이요. 또한 중생이 악도에 떨어져 몸과 입에서 악한 냄새가 나고 육근에 결함이 많게 되는 것은 치심의 번뇌로 인하여 계행을 지키지 아니하였음이니라.

## 31장

또한 중생이 밖으로 항상 악한 경계를 당하게 되는 것外惡報은 열 가지 악업을 행하여 그리 되나니, 첫째는 살생을 많이 한 고로 온 땅이 짜서 곡식을 심어도 나지 않고 약초가 무력함이요. 둘째는 도둑질을 많이 한 고로 서리와 우박이 많이 내리고 해충이 많이 일어나서 흉년을 잘 당함이요. 셋째는 간음을 많이 한 고로 항상 급한 비와 독한 바람과 진애塵埃를 잘 만남이요. 넷째는 망어를 많이 한 고로 항상 그 몸 주위에 있는 물건에 악취를 느낌이요. 다섯째는 한 입으로 두말을 많이 한 고로 항상 그 몸 주위에 험한 언덕과 뾰족한 나무와 깊은 구렁이 많게 됨이요. 여섯째 악한 말을 많이 한 고로 항상 그 주위에 돌과 모래가 추하고 껄껄하여 접근할 수 없게 됨이요. 일곱째는 속으로는 불량한 마음을 품으면서 밖으로는 비단같이 꾸미는 말을 많이 한 고로 항상 그 몸 주위에 초목이 빽빽하고 가시가 많이 돋힌 수풀이 많게 됨이요. 여덟째는 탐심을 많이 낸 고로 농사를 지어도 모든 종묘나 열매가 가늘고 잘게 됨이요. 아홉째는 진심을 많이 낸 고로 항상 그 몸 주위에 있는 과실이 쓰고 떫게 됨이요. 열째는 삿된 소견을 쓴 연고로 비록 농사를 지어도 수확이 없게 됨이요. 또한 중생이 밖으로 항상 좋은 경계를 당하게 되는 것外勝報은 이상에 말한 열 가지 악업의 반대인 열.가지 선업을 행하였음이니라.

### 32장

부처님께서 설법을 마치시니 때에 수가 장자가 청정한 믿음을 발하여 일어나 부처님께 예배하고 말하되 저의 부친에게도 이러한 법을 한 번 들려 주시와 저의 부친과 및 일체 중생으로 하여금 길이 안락하게 하옵소서. 한대 부처님께서 중생들을 위하사 곧 그를 허락하시거늘 수가 장자가 부처님의 말씀을 듣고 크게 환희심을 발하여 공경히 절하고 물러가니라.